MARCO POGO

Gschichtn

MARCO POGO

Gschichtn

Seifert Verlag

Umwelthinweis:

Dieses Buch und der Schutzumschlag wurden auf chlorfrei gebleichtem Papier gedruckt. Die Einschrumpffolie – zum Schutz vor Verschmutzung – ist aus umweltverträglichem und recyclingfähigem PE-Material.

1. Auflage

Umschlagentwurf: Marco Pogo
Umschlagfotos: Mario Cobretti (Vorderseite)
Umschlaggestaltung: Davor Kujundzic
Illustrationen und Grundlayout: Marco Pogo
Satz und Seitenlayout: Davor Kujundzic
Über-Arbeitung: Bruno Brunmayr
Verlagslogo: Padhi Frieberger
Druck und Bindung: FINIDR, s.r.o.
ISBN: 978-3-904123-49-5

Inhalt

Mongolische Mafia	13
Jugend forscht	25
Russische Traditionen	31
Traumberuf Politiker	43
Drei Finger für ein Halleluja	51
How to destroy a Hotelzimmer	75
Der Tourmanager	81
Schmerzen	89
Unter der Gürtellinie	95
Steirische Kambodschaner	101
Ein Herz aus Stein	109
Vom Rauchen und Sterben	115
Bitte einsteigen	119
Michl, Werner und Marco	123
Oachkatzlschwoaf	129

Einleitendes

Das hier ist ein Buch für Menschen, die gerne Bücher lesen, aber auch eins für Menschen, die eigentlich lieber am Handy von einem Artikel zum nächsten hüpfen. Weil's eine Anekdotensammlung ist, die Einblicke in mein Leben geben soll, ist das Ganze wie ein 6er-Tragerl. Man kann daraus immer wieder ein Bier trinken, oder wenn es Spaß macht – auch alle auf einmal.

Darum lasst uns anfangen mit einem Prost! Gratulation zu meinem ersten Buch. An uns alle. Gratulation, dass Du Dir mein erstes Buch gekauft hast, und Gratulation an mich selbst, dass ich es geschafft habe, es zu schreiben. „Gschichtn" also. Ich hab ja auch kurz überlegt, mein Erstlingswerk gleich „Bierografie" zu nennen, weil es, wenn wir uns ehrlich sind, ein durchaus treffendes Wortspiel wäre. Aber so fortgeschritten bin ich in meinen Lebensjahren nun auch noch nicht, um schon eine Biografie zu verfassen. Da kann ja noch einiges Berichtenswertes in den nächsten Jahren passieren, und dann wäre das auch irgendwie ungeschickt, schon den guten Buchtitel verwendet zu haben. Weil, stell Dir vor, ich werde mal Bundespräsident und kann dann meine „Bierografie" veröffentlichen. Herrlich, oder? Gibt es für das Verfassen einer Biografie eigentlich ein gesetzliches Mindestalter? Und wie schreibt man dann weiter, falls noch irgendetwas Spannendes im Leben passiert? „Biografie Teil 2"? Das klingt ja wirklich extrem deppat. Also noch nix mit „Bierografie", weil da verbau ich mir vielleicht was. Und eigentlich versuch ich immer, relativ intelligente Entscheidungen im Leben zu treffen – was mir meistens auch gelingt. Meistens.

Nachdem ich zugegebenermaßen selten Bücher lese, werde ich versuchen, dieses hier so aufzubereiten, dass es sich auch für Bücher-Muffel oder Anti-Lesewürmer eignet. Ich habe auch knackige Illustrationen eingebaut, die übrigens alle von mir gestaltet wurden, da bin ich schon ziemlich stolz drauf. Ich habe vor knapp zehn Jahren, als ich das erste und sicher auch letzte Studium meines Lebens beendet habe, eine Art Allergie gegen Bücher entwickelt und mir geschworen, dass ich nie wieder freiwillig ein Buch in meinem Leben anrühren werde. Aber kurze Zeit später habe ich, angeheitert in einem Hotelzimmer, lautstark meinen Freunden aus der Bibel (liegt immer in der obersten Lade des Nachtkasterls – nur so ein Tipp) vorgelesen, und damit war mein Schwur auch schon gebrochen, hatte ich doch tatsächlich wieder ein Buch angefasst – weil die Bibel ist ja auch irgendwie ein Buch. Und eigentlich ein gar nicht so unerfolgreiches noch dazu. Ziemlicher Bestseller. Die haben das damals sogar mit Teil 2 hinbekommen. Haben es halt „Altes" und „Neues" Testament genannt. Gar nicht so eine blöde Idee. Verkauft sich ja bis heute wie geschnitten Brot oder kaltes Bier. War Jesus eigentlich so etwas wie der erste Influencer? Egal.

Jetzt habe ich mich also für „Gschichtn" entschieden. Eine Niederschrift von Geschehnissen oder Erinnerungen oder auch einfach nur Gedanken aus meinem Leben, irgendwo zwischen Tourbus, Politik, Turnus, Brauerei und Theke. Darüber hinaus habe ich für den einen oder die andere durchaus auch spannende Hintergrundinformationen parat. So hoffe ich zumindest.

Jedes gute Buch braucht außerdem Tipps fürs Leben – das hab ich mal in einem Buch gelesen, das wiederum nur aus Tipps bestand. Darum sind auch hier ein paar Weisheiten drin. Ich muss zugeben – ich schreibe dieses Buch nicht nur für Euch, um Euch an diesen „Gschichtn" teilhaben zu lassen, sondern auch für mich selbst, damit ich die alle nicht vergesse. Das wäre wirklich sehr schade, und Papier ist geduldig, mein Hirn aber manchmal ein Nudelsieb. Und leider passiert es einfach relativ schnell, dass man etwas vergisst. Und wenn man es mal vergessen hat, ist es schwer, sich wieder daran zu erinnern. Es ist ein Teufelskreis. Außerdem ist es jetzt auch nicht so, als ob bei all dem, was hier beschrieben wird, nicht auch doch des Öfteren eine gehörige Portion Kaltgetränke im Spiel gewesen wäre. Und man weiß ja landläufig, dass sich das auf das Erinnerungsvermögen oft nicht allzu positiv auswirkt. Dann kann es schon sein, dass einem der Satz „Das ist mir nicht erinnerlich" über die Lippen kommt.

Eines will ich Euch aber sagen: Die „Gschichtn" in diesem Buch sind alle ziemlich genau so passiert. Zumindest glaube ich, mich so daran erinnern zu können. Wenn andere etwas anderes behaupten, dann wird man das in deren Büchern lesen können. Da schließt sich der Kreis schon wieder zur Bibel.

Mongolische Mafia

Mongolische Mafia

„Today is a special concert, today we have special promoter, they are … I don't know how to say … underground people." Was will mir unser chinesischer Tourmanager mitteilen? Es sind Untergrund-Menschen? Haben wir es heute mit Bergbau-Arbeitern zu tun? Ich stelle mich kurz dumm, um zu schauen, was er noch erzählt. Doch er bleibt stumm, und ich habe ihn eigentlich eh verstanden – das heutige Konzert wird von der Mafia organisiert. Geht okay, sollen sie doch. Inzwischen kann mich in China nur noch sehr wenig verwundern.

„You don't be afraid, just stay friendly", fügt er hinzu. Gut, ich bin jetzt nicht der Meinung, dass wir uns bei der inzwischen zwei Wochen dauernden China-Tour ungebührlich verhalten hätten, aber wer weiß das schon. WIR sind ja nicht für unser Lächeln bekannt, wir haben uns anderes auf die Fahne geheftet. Eine massive Fahne zumeist.

Aber das ist immer noch nicht alles, was unseren Tourmanager beschäftigt: *„Please don't say the words I learned you … on stage … through the microphone."* Das ist es also, was ihm die Knie schlottern lässt. Die letzten Tage haben wir immer mehr Kauderwelsch auf Mandarin gelernt, den ich abends bei den Konzerten dann fröhlich durch das Mikrofon hinausposaune. Und gerade damit soll ich mich nun zurückhalten? Das wird äußerst schwierig, denn die Mischung aus Trinksprüchen, Schimpfwörter-Tiraden und Liebesbekundungen an die Chinesen kam bei den letzten Konzerten beim Publikum extrem gut an. Aber heute scheint der Tourmanager Angst zu haben, dass ich mit genau diesen Ansagen den Mafia-Veranstaltern auf die Füße trete. Oder sie danach eben uns. Wobei – die haben es ja mehr mit den Kniescheiben, soweit ich weiß. Oder gar Ärgerem? Ich hatte bis dahin wenig Erfahrung im Umgang mit der Mafia.

Doch jetzt bekommen wir erstmals eine andere Watschn[1], wie man auf gut Wienerisch sagt. Denn als wir nach kurzer, aber eindringlicher Musterung durch chinesische Polizisten gerade das Bahnhofsgebäude von Zhangjiakou in der inneren Mongolei verlassen, schlägt uns wieder einmal die unglaubliche chinesische Luft entgegen. Immer wieder versuchen einem die Chinesen zu erklären: *„This totally normal, maybe is bad weather only.“*

Aber komm, *„bad weather“* brennt ganz selten in den Lungen. Es ist jedem Fremden hier sehr schnell klar, dass das Stechen in der Lunge nicht vom gerade einfallenden Tiefdruckgebiet kommt, sondern einfach massiver Smog ist, der hier langsam alles erstickt. Manchmal ist tagelang derart die Sonne verdeckt, dass man meinen könnte, die helle Scheibe weigere sich ab jetzt, für die Umweltsünder zu scheinen. Und nach ein paar Tagen fängt dieser Smog dann auch ein klein wenig an, in der Lunge zu beißen. Aber wollen wir das jetzt mal nicht nur auf den Smog schieben, sondern auch nicht außer Acht lassen, dass das auch eine der normalen Tour-Begleiterscheinungen sein kann.

Wir touren hier in China mit dem Zug, was ja grundsätzlich eine sehr bequeme Art zu reisen ist. Außerdem haben wir de facto bis auf die Gitarren auch kaum Gepäck mit, denn jeder Club stellt das vorab vereinbarte Equipment wie ausgemacht zur Verfügung. Und eins muss man den Chinesen lassen – die Clubs sind allesamt ziemlich gut ausgerüstet. Trotzdem ist der ständige Wechsel vom Zug ins Hotel, vom Hotel in den Club, vom Club ins Hotel und vom Hotel in den Zug nach einigen Tagen auslaugend.

Doch zum Glück ist unser chinesischer Tourmanager ein überaus kompetenter Mensch mit minutiös ausgetüfteltem Plan, der zumeist auch hält und funktioniert. Fast jeden Tag warten die Veranstalter auch mit mehreren Fahrzeugen am betreffenden Bahnhof, um uns abzuholen. Normalerweise stehen da Kleinbusse oder Ähnliches, um uns zu kutschieren. Dass sich der heutige Konzerttag von den anderen unterscheidet, hätten wir auch daran gemerkt, dass uns an diesem Tag gleich drei Chauffeure erwarten. Einer mit einem Bentley, einer mit einem Porsche und der dritte mit irgendeiner aufgemotzten Sportkarre mir unbekannten Typs (mein Wissen über Autos im Allgemeinen ist nur sehr rudimentär vorhanden – so wie manche Leute sagen, „so ein Hund wie aus der Cesar®-Werbung", könnte ich hier nur beitragen, „so ein Auto wie in *The Fast and the Furious – Tokyo Drift*"). Da sich der chinesische Tourmanager bereits in Bezug auf den Zeitplan als äußerst vertrauenswürdig erwiesen hat und uns auch sonst die letzten Tage über immer gut zur Seite stand und auch relativ wenig Blödsinn verzapfte, glaube ich ihm nun auch endgültig, dass das heutige Konzert von der Mafia organisiert wird.

Die drei Gestalten bringen uns mit ihren Edelkarossen gleich direkt zum Club, wo uns, außen angebracht, ein meterlanges Plakat mit „Herzlich willkommen TURBOBIER" begrüßt. Ich hoffe zumindest, dass es das heißt, weil lesen kann ich es ja nicht. Nur TURBOBIER ist in lateinischen Buchstaben gehalten, der Rest in Mandarin. Aber ich gehe davon aus, dass die chinesischen Mafiosi freundliche Leute sind, und freue mich über das Plakat.

Lustigerweise weiß ich inzwischen, dass die Chinesen TURBOBIER auch gar nicht 1:1 in Mandarin übersetzen können, es fehlt ihnen schlicht an Worten dafür. Das soll jetzt keine Lobeshymne auf die Band werden, sie haben bloß kein Wort für TURBO. Das habe ich ein paar Tage zuvor gelernt, als wir beim Tätowierer waren. „Einmal TURBOBIER in chinesischen Schriftzeichen, bitte" funktionierte gar nicht so einfach, wie gedacht, weil den Chinesen eben das Wort TURBO fehlt. Und weil das so ist, ziert halt jetzt *„High Speed Beer"* bis zum Ende meiner Tage meinen Haxen.

Im Allgemeinen bin auch ich der Meinung, dass chinesische Schriftzeichen als Tattoos eher aus der Mode gekommen sind. Ähnlich dem Arschgeweih oder dem klassischen Zacken-Tribal am Hals, fristen sie verdientermaßen ein Außenseiterdasein im Coolness-Ranking. Aber wenn man schon mal in China ist … und so oft ist man dort ja auch nicht. Und außerdem fiel zum Glück die spätere Kontrolle per Smartphone und Übersetzungsprogramm korrekt aus: High Speed Beer, genau so, wie ich es wollte. Näher an TURBOBIER geht es halt nicht, und trotzdem fein, dass da jetzt nicht *„Glück Liebe Bratwurst“* steht.

Zurück zum Club, wo uns gerade der Mafioso persönlich zur Begrüßung ungekühltes chinesisches Leicht-Bier anbietet. Das passiert uns seit Tagen. Auf dem Weg in die innere Mongolei konnte ich aus meinem Zugfenster unzählige Atomkraftwerke sehen, aber keines davon wird in China offenbar für die Kühlung von Getränken genutzt. Vielleicht wäre eben diese Kühlung beim chinesischen Bier aber auch wirklich Energieverschwendung, denn mit seinen knappen vier Prozent (oder manchmal auch weniger) ist es derart leicht, dass man es als Wirkungstrinker richtig schnell trinken muss. Und für so einen kurzen Genuss so viel Energie verschwenden? Trinkt man es nicht richtig schnell, ist es halt wie Saft, auch in der Wirkung. Wir trinken es übrigens auch wie Saft, rein quantitativ. Außerdem ist es der letzte Tag der Tour, und ich habe mich schon gut an Warmbier gewöhnt. Ich spreche hier übrigens vom sogenannten *„Snow Beer“*, dem meistgetrunkenen Bier der Welt. Wenn Ihr mal in einer Quiz-Show sitzt und Günther Jauch (ich hoffe nicht, dass Ihr in der Österreich-Version mit Armin Assinger sitzen müsst) die Frage nach dem meistgetrunkenen Bier der Welt stellt, könnt Ihr nun mit Detailwissen glänzen. Oder Ihr wählt mich als Telefonjoker – dann beantworte ich Euch die Frage.

Zu Beginn der Tour war alles, was wir hier erlebten, ziemlich überraschend, denn unsere Konzerte haben, bis auf Peking, allesamt in chinesischen Kleinstädten stattgefunden. Um diesen Ausdruck etwas zu präzisieren: Chinesische Kleinstädte sind Städte mit maximal 12 Millionen Einwohnern. Und in manchen dieser Städte ist es unüblich (oder wie mir gesagt wurde, überhaupt noch nie vorgekommen), dass eine ausländische Band ein Konzert spielt. Da kam es wirklich vor, dass wir an Geschäften oder Supermärkten vorbeischlenderten und plötzlich die Menschen von drinnen nach draußen stürmten, um Fotos von uns zu machen. Und nein, wir sind als Band in China nicht so berühmt, dass die Chinesen mit drauf sein wollten. Sie wollten einfach nur uns fotografieren. Alleine, in der Gruppe. Und dabei zeigten sie mit dem Finger auf uns und sagten *„Lăowài"*, was soviel wie „Ausländer" bedeutet. Für mein Empfinden nicht so die feine englische Art, scheinbar mehr die verbreitet chinesische. Ich hoffe nicht, dass sich die Europäer auch so verhalten, wenn sie Menschen aus fremden Kulturkreisen sehen. Ich kann aber hier wohl selbst für meine Österreicher nicht die Hand ins Feuer legen.

Wir springen wieder in die Autos der Mafiosi, und sie fahren uns zum Hotel. In den meisten Städten hier gibt es spezielle *„Lăowài"*-Hotels, in denen auch ausländische Gäste untergebracht werden dürfen. Andere Hotels sind anscheinend nur für Chinesen, da dürfen wir erst gar nicht rein. Die Ausländer-Hotels sollen größer und luxuriöser als die für die Einheimischen sein, berichtet man uns. Glauben wir das mal. Jedenfalls bleibt uns auch heute nur wenig Zeit zum Ausruhen, Schlafen, Fernsehen oder Telefonieren. Meist muss man sich auf Tour für ein, zwei dieser Beschäftigungen entscheiden, alles schafft man nie. Oder man lässt die Hygiene schleifen – da spart man richtig viel Zeit, ist aber auch nicht so meine Sache.

Jedenfalls haben uns die Mafiosi ein feines Hotel ausgesucht. Vielleicht gehört es auch ihnen, ich weiß es nicht. Wir erfahren gleich von unserem Tourmanager, dass wir am nächsten Tag früh weitermüssen, deswegen werden wir wenig davon haben. So wie jeden Tag auf dieser China-Tour. Spät ins Bett, früh auf, viel Zug-Sitzen.

An Nachmittagen bleibt manchmal auch Zeit, um durch die Stadt zu schlendern. Wobei man ehrlich sein muss: Die chinesischen Städte unserer Tour sehen eigentlich alle gleich aus. Das hat man nach ein paar Tagen gelernt. Und generell darf man eine Tour nicht mit Urlaub verwechseln. Die wenigen freien Stunden gammelt man meist lieber im Hotel herum, als sich touristisch zu betätigen.

Ich habe an diesem Tag die Variante Fernsehen und Duschen gewählt und fühl mich semi-fit, als die Chauffeure mit ihren Sportwägen zurückkommen, um uns zum Essen auszuführen. Hätte vielleicht doch schlafen sollen.

In Sachen Gastfreundschaft lassen sich unsere Mafiosi nicht lumpen. Wir werden bekocht, als wären wir 30 Leute, sind aber zu siebt. Wir essen trotzdem für 30, somit haben die Gastgeber eigentlich richtig gerechnet. Wir sitzen auf einem dieser großen Drehtische, wie man sie aus den Nebenzimmern in China-Restaurants kennt (ich dachte lange Zeit, dass man die nur für die europäischen China-Restaurants gebaut hat), und unsere Teller stapeln sich schon fast peinlich hoch übereinander. Alle fünf Minuten kommt der Koch durch die Tür und stellt etwas Neues auf den Tisch. Währenddessen versuchen wir uns mit den Veranstaltern zu unterhalten, die – obwohl immer augenscheinlicher wirklich aus der gefährlichen Unterwelt, ansonsten ganz normale und nette Typen sind. Die Verständigung ist halt sehr holprig, da ihr Englisch mindestens genauso schlecht ist wie unser Chinesisch. So sitzen wir uns gegenüber und unterhalten uns mithilfe unseres Tourmanagers, der simultan Englisch-

Mandarin übersetzt. Und im Nachhinein bin ich mir wirklich nicht sicher, wie korrekt er das erledigte.

Schlussendlich gibt es noch einen Schnaps – und dafür reicht unser Chinesisch nach zwei Wochen Tour schon durchwegs aus –, man sagt einfach „*Gānbēi*", also Prost. Und hier muss man mal ehrlich eine Lanze für den Digestif, den Verdauungsschnaps, brechen. Denn bei mir gesellt sich gerade zur allgemeinen Müdigkeit noch die postprandiale[2] Müdigkeit, und so ein Verdauungsschnaps, in Österreich nennen wir ihn auch Zertrümmerer oder Fettspalter, federt den Drang, gleich wieder ins Bett zu gehen, doch hervorragend ab.

Als wir zum Club zurückkehren, ist da bereits eine gute Feier im Gange. Heute Abend dürfte sich neben den normalen Konzertbesuchern eben auch die lokale Unterwelt eingefunden haben. Das alles zusammen sind gute Vorzeichen für ein gelungenes Konzert. Generell ist es für Chinesen schwierig, die deutschen Texte der Songs zu verstehen. Aber ich denke, dass es gut gelungen ist, den Spirit und die Idee meiner Lieder dem chinesischen Publikum auf dieser Tour zu vermitteln – auch ohne textliches Verständnis. Musik ist eine Art Emotion – man muss nicht immer alles verstehen, man kann es auch fühlen.

Auch der Mafia-Boss hat während des Konzerts offensichtlich eine gute Zeit. Warum ich weiß, dass ausgerechnet er der Boss hier ist? Intuition – oder auch einfach, weil permanent Leute um ihn herumschwirren, er mit Abstand die größte Menge an jungen Frauen rund um sich versammelt hat, und er nur mit einem Fingerzeig andauernd Getränkebestellungen aufgibt. Eine beeindruckende Fähigkeit. Irgendwann während des Konzerts macht er sich mit einem kleinen Tablett voller Schnäpse auf den Weg zur Bühne.

Er hat sie mit einem Fingerzeig bestellt, er braucht aber keinen Fingerzeig, damit sie getrunken werden.

Auch ich will mich erkenntlich zeigen und bitte ihn zu mir vor das Mikrofon, damit er auch mal etwas durch die Boxen an seine Fans, Freunde, Feinde oder wen auch immer richten kann. Währenddessen schweift mein Blick durch den Raum, und ich sehe den Tourmanager, wie er mit versteinerter Miene am Bühnenrand steht, sichtlich in Schockstarre und Furcht, dass ich nun meine Mandarin-Trinkspruch-Schimpfwort-Ansage darbringe, während der Mafia-Boss auf der Bühne steht. Seine Furcht ist durchaus begründet, denn ich finde das eine großartige Idee und lege auch schon los. Die Stimmung kippt dramatisch schnell. Als ich gerade so etwas wie *„Maleka Bili"* durch das Mikrofon verkünde – ich weiß nicht genau, was das bedeutet, aber ein junger, lustiger Punk hat es mir beigebracht, also denke ich mir, dass es so schlimm nicht sein kann –, richtet sich in der letzten Reihe ein Mann in einem Militäranzug auf und beginnt sich lautstark zu echauffieren und herumzubrüllen. Ich nehme mal an, dass das mit meiner Bühnenansage zusammenhängt. Zumindest würde die zeitliche Nähe meiner Worte und seines Ärgers dafür sprechen. Und ja, der weitere Verlauf zeigt, dass ich mit meiner Vermutung nicht falsch liege. Auch dem Mafia-Boss neben mir fehlen zuerst die Worte. Als er aber den General schimpfen sieht, und vor allem hört, wird auch er sauer und steigt in die Schimpftirade mit ein. Gerade als er sich von mir abwendet, um ich weiß nicht was zu veranlassen, kommt ein Retter in der Not. Genau, ein Barkeeper. Wer sonst? Er versteht es in der Sekunde, den Mafioso mit einer edlen Flasche Wein zu besänftigen. Guter Mann, denn der Plan funktioniert. Der Mafioso nimmt seine Flasche, der spontane Ärger des Generals ist auch verpufft – nur mein Tourmanager sitzt noch kreidebleich und fassungslos neben der Bühne, außerstande, irgendwas zu tun. Wieder ist es der Barkeeper, der jetzt zu uns kommt und uns inständig und flehentlich deutet, weiterzuspielen. Das kann ich nur anhand seiner Körpersprache ablesen, denn mein Tourmanager bringt kein Wort der Übersetzung raus. Ein Kontrollblick in den Raum zeigt mir, dass sich gerade niemand rührt, aber auch niemand eine Waffe auf jemand anderen richtet oder gar auf mich. Also ist die Luft rein – wir können getrost weiterspielen.

Die Party nach dem Konzert ist recht amüsant, wir übernehmen das DJ-Pult, der Mafia-Clan tanzt dazu, alle singen gemeinsam Karaoke. Da haben wir noch mal Glück gehabt, denke ich mir. Solch eine Situation lässt sich, falls sie entgleist, dann ja nicht wirklich verbal besänftigen, denn die Sprachbarriere ist ein schier unüberwindbares Hindernis. Und mit *„Maleka Bili"* bin ich, wie ich ja inzwischen weiß, schon einmal an diesem Abend an den Rand eines Gewaltverbrechens geschlittert, da muss ich das linguistische Schicksal kein zweites Mal herausfordern.

Ich verlasse für einen kurzen Moment den Club – es war dann doch in seiner Gesamtheit alles ein bisschen viel, und vor allem auch sehr laut. Kurz mal den Kopf auslüften schadet nicht, denke ich mir. Denselben Gedanken dürfte auch ein junger Chinese gehabt haben, der kurze Zeit nach mir den Club verlässt. Wobei sich der junge Chinese nicht draußen vor dem Club einfindet, um kurz seinen Kopf auszulüften, sondern offensichtlich, um seine Notdurft zu verrichten. Er stellt sich auf den Gehsteig vor dem Club, direkt da, wo die zwielichtigen Gestalten ihre Sportwägen geparkt hatten, und beginnt genüsslich auf den Bentley, der direkt vor dem Club steht, zu urinieren. Er pinkelt links und rechts auf die Motorhaube, singt vor sich hin und genießt das Ganze sichtlich. „So, und jetzt passiert es, jetzt wird hier jemand über den Haufen geschossen" – das ist mein erster Gedanke, und dabei erwarte ich jeden Moment eine Horde wütender Unterweltler mitsamt ihren Militärgenerälen, um den Typen zu Brei zu verarbeiten. Nach Beendigung seines Geschäfts macht der junge Chinese seine Hose wieder zu, dreht sich zu mir um und spricht mich an. Leider weiß ich nicht, was er von mir möchte – beschränkt sich mein Vokabular doch auf *„Gānbēi"* und *„Maleka Bili"*. Aber es sieht so aus, als ob er mich etwas fragen möchte. Dann greift er in seine Hosentasche, holt einen Autoschlüssel heraus, drückt drauf, und *Tschack!* – die Lichter des Bentleys leuchten auf. Der Mann hat gerade seinen eigenen Bentley vollgepisst. Ich habe seither viel darüber nachgedacht, warum man sich ein Fahrzeug um elendiglich viel Geld kauft, um sich dann davorzustellen und draufzupinkeln, und bin bis heute zu keinem schlüssigen Ergebnis gekommen – er wird schon seine Gründe dafür gehabt haben.

Der pinkelnde Mafioso beginnt wild auf seinen Bentley zu deuten (offensichtlich möchte er, dass ich mit ihm einsteige), und ich widerspreche ihm aus Gründen nicht. So sitzen wir dann zu zweit in seinem angepissten Bentley und hören laute elektronische Musik. Das Fahrzeug ist natürlich mit einer unfassbar guten Anlage ausgerüstet, worauf er sichtlich stolz ist. Zusätzlich steckt er nun noch den Schlüssel in die Zündung, macht den Motor an und steigt rhythmisch zum Beat der Musik auf das Gaspedal. Offensichtlich möchte er mich beeindrucken. Wahrscheinlich mehr mit seinem Bentley als mit seinem Taktgefühl. Ich kann es natürlich nicht genau sagen, aber ich schätze, dass sich mein Gesichtsausdruck einfach irgendwo zwischen Amüsement, Unverständnis und Furcht eingependelt hat. Als er plötzlich den Gang einlegt, überlege ich kurz, mit welcher Taktik ich wohl die beste Chance habe, die Sache körperlich unbeschadet zu überstehen, und entscheide mich dann dazu, ihm einfach nicht zu widersprechen. Wir brettern daraufhin eine Runde durch die Nachbarschaft, wobei er den Bentley an seine motorischen Grenzen bringt. Nicht nur, weil er dauernd Vollgas gibt, sondern auch weil er irgendwie nicht der allerbeste Fahrer ist. 700 PS sind für mein Empfinden einfach 600 zu viel, damit kann nicht jeder umgehen. Aber wie schon einmal betont, versteh ich nichts von Autos. Die Beschleunigung des Bentleys, gepaart mit den Schnäpsen des Abends, dem üppigen chinesischen Essen vom Drehtisch und der steigenden Furcht, dass der junge Mafioso irgendwann die Kontrolle über seinen Bentley mitsamt mir, darin sitzend, verliert, schlägt mir auf den Magen. Das hat er mir offensichtlich angesehen und stoppt das Fahrzeug, bevor ich mit seinen Ledersitzen Ärgeres mache als er selbst mit seinem Lack.

1

Watschn, die: eine mit der flachen Hand kräftig herbeigeführte Kollision der Handinnenseite mit der Wange des Opponenten / der Opponentin. Kann auch mit dem Handrücken durchgeführt werden (man spricht dann von „ana Vakehrtn“) oder, in seltenen Fällen, auch mit der unteren Extremität („Watsche mit Fuß“). Oftmals möglich sind auch durch Wind, Kälte oder – wie in diesem Beispiel – Luft oder Smog herbeigeführte Watschn.

2

postprandial (lat. „prandium“): Die alten Römer nannten ihr zweites Frühstück, welches sie rund um die Mittagszeit einnahmen, prandium. Es bestand zumeist aus Broten und Fischen. In meinem Heimatbezirk Wien-Simmering nehmen die Menschen auch oftmals ein zweites Frühstück ein. Es besteht zumeist aus mehreren Bieren.

Jugend forscht

Jugend forscht

Die Adoleszenz in der niederösterreichischen Provinz ist in Sachen Entertainment eine ziemlich eindimensionale Angelegenheit. Doch die Jugend braucht Spannung im Leben. Und wenn diese Spannung per se nicht vorhanden ist, dann muss man sich halt etwas überlegen, um sich das Aufwachsen interessanter zu gestalten.

Kleine Kinder bauen Staudämme, spielen im Garten, fahren mit dem Rad oder machen sonst irgendetwas, was eben Spaß und Kurzweil bringt. Gerade als Kind hat man ja viele Phasen, und die Hobbys und Lieblingsbeschäftigungen wechseln ständig. Glücklicherweise war mir persönlich selten langweilig – ich hatte die Musik für mich entdeckt. Ich habe mit 14 Jahren begonnen mit Freunden Musik zu machen und zur gleichen Zeit meine erste Band gegründet (retrospektiv betrachtet, trifft es „Musik machen" nicht ganz, es war auch viel „Lärmen" dabei). Bald darauf kommt für Heranwachsende in österreichischen Breitengraden ohnehin unausweichlich ein neuer Zeitvertreib hinzu: Alkohol. Und meist handelt es sich dabei um keine kurze Liaison, nicht nur einen Zeitvertreib. Da kann man schon von Hobby sprechen. Und diesem Hobby frönen wir ja bekanntermaßen zumeist bis zum Ableben – was wiederum, ähnlich wie beim Rauchen, oft in direktem Zusammenhang damit steht, wie intensiv wir das Hobby betrieben haben. Als Faustregel gilt: Die Menge an eingenommenem Alkohol steht indirekt proportional zu der Dauer deines Lebens. Sprich: Je mehr du dir von dem heilbringenden Saft zeit deines Daseins hineinschüttest, desto kürzer gestaltet sich deine Verweildauer hier auf Erden. Natürlich bestätigt auch hier die Ausnahme die Regel.

Ich höre oftmals, dass irgendeine Oma von einem Bekannten, die die Cousine der Hausmeisterin vom Nachbarn der Schwester ist, ihr ganzes Leben lang mindestens eine Kiste Bier pro Tag getrunken hat, und damit ganz gut gefahren ist, da sie ja immerhin 94 Jahre alt geworden sei. Jetzt stelle man sich halt vor, wie alt diese Oma geworden wäre, wenn sie vielleicht nicht eine Kiste Bier pro Tag getrunken hätte. Ich schätze mal frei von der Leber, sie wäre 149 Jahre alt geworden.

Aber ich will hier nicht den Alkohol verteufeln, wo wäre ich, wenn es ihn nicht gäbe? Und wie diese Beziehung begann, das möchte ich kurz erläutern. Ich unterscheide mich da nämlich wenig von den meisten Österreichern. Auch ich hatte mit einem Phänomen der Jugendzeit eine große Freude. Es war in Sachen Fortgehen oft die einzige Möglichkeit, etwas Neues zu erleben, die einzige Alternative zum Stamm-Wirtshaus: das *Clubbing.*

Kurzer Gedankensprung, weil es gerade dazu passt: Ich war einmal in einem Club in der absoluten Einöde. Ja, im Waldviertel. Und die Spelunke hieß „Die einzige Alternative". Ich ziehe noch heute den Hut vor dieser Cleverness. Das war natürlich sehr schlau gemacht, denn so kommen die potenziellen Gäste nicht einmal auf die Idee, sich nach einer anderen Gaststätte zum Feiern umzusehen. Der Name ist Programm.

Zurück zum Thema: Ungefähr einmal im Monat versammelte sich die lokale Jugend, um ein Event der Superlative zu zelebrieren: ein Clubbing. Ich liebe dieses Wort, denn es kaschiert auf beeindruckende Art und Weise, worum es bei besagtem Clubbing wirklich ging. Das Wort Clubbing per se hat ja schon fast etwas Elitäres. Man denkt an Saint Tropez oder Ibiza, von gut aussehenden Barkeepern gemixte edle Drinks und Top-DJs, die mit ihrem smoothen Mix aus Minimal House und Electronic Soul Funk (falls es so eine

Musikrichtung überhaupt gibt) für eine euphorische, aber nicht zu ausgelassene Stimmung sorgen.

Doch das glatte Gegenteil war der Fall. Die Zutatenliste für ein Clubbing in Niederösterreich anno 2002 spiegelte nicht ganz das eben beschriebene Szenario wider, war aber dennoch so einfach wie effektiv. Für ein Sauf-Clubbing erster Güte benötigt man:

- **Landwirtschaftliche Mehrzweckhalle**

Aus Sicherheitsgründen nach Möglichkeit ohne geparkte Traktoren oder Mähdrescher. Falls noch ein Berg aus Rüben in der Halle herumliegt, ist das aber auch nicht schlimm.

- **DJs, zumindest einen**

Die Namen sollten nach Möglichkeit traditionell und einfach gehalten werden: DJ Herbert, DJ Franz, DJ Markus, DJ Fredl. So, wie die Burschen halt üblicherweise heißen. Nur für diesen Abend um das Wörtchen DJ ergänzt. Und ja, in meiner gesamten Clubbing-Karriere Anfang der 2000er-Jahre ist mir keine einzige DJane erinnerlich. Schäme dich, Niederösterreich. Eine lange DJ-Liste sorgt gleichzeitig dafür, dass viele verschiedene Freundeskreise der DJs auch zum Clubbing erscheinen. Die aufgelegte Musikrichtung wiederum spielt wenig Rolle, meist reicht ein einfaches „Na des, wos die Leit hoit hearn woin."

- **„Bar"**

Ein aus Europaletten zusammengeschraubtes Holzungetüm, überzogen mit Plastikfolie.

- **Kleine, aber feine Getränkekarte**

Die folgende Liste erhebt keinen Anspruch auf Vollständigkeit, jedoch sollten die meisten dieser Spezialitäten bei einem guten Clubbing zur Auswahl stehen:

Zuckergoscherl, Ferrari, Cola-Weiß, Alm-Weiß, Cola-Rot (sehr edler Tropfen, firmiert noch heute unter Kennern als „Trank der Götter“), Klopfer®, Willy, Flügerl, Cola-Whiskey, Bacardi®-Cola, Cappy®-Wodka, Pfirsichspritzer, Bier. Um eine erhöhte Durchflussrate zu garantieren, wurden diese Getränke auch oft als „Meterware“ feilgeboten. Wer hat nicht schon mal, mit dem Geldschein winkend: „1 Meter Bacardi®-Cola, bitte“ bestellt?

Fehlt dem Clubbing eine der oben genannten Komponenten, so wird es wahrscheinlich von der Dorfjugend nicht mal als solches erkannt. Dann ist es vielleicht ein profanes Festl, aber garantiert kein Clubbing. Insbesondere Punkt 4, die Getränkekarte, sollte in dieser Form vorhanden sein. Man kann zwar ohne DJ Herbert oder DJ Hans feiern, man kann das auch unter freiem Himmel machen, falls keine Halle vorhanden ist. Sogar die Europaletten-Bar ist verzichtbar, aber man kann all diese Dinge in ihrer Gesamtheit kaum ohne Alkohol ertragen.

Zu Beginn war es immer einfach nur ein Clubbing. Der Trend, jedes Clubbing unter ein eigenes Motto zu stellen, hat sich erst viel später durchgesetzt. Plötzlich gab es kreative Namen, um den Menschen vermeintliche Innovationen vorzugaukeln:

- **Beach-Party**

Neben dem obligatorischen Sandhaufen am Eingang gab es hier oft das Angebot, das Wunschgetränk gleich aus einem Kübel einzunehmen. Die mitgereichten Strohhalme waren maximal als Verzehrempfehlung zu werten. Doch viel eher wurde das Gebräu mit viel Schwung direkt aus dem Kübel, ohne den mühsamen Umweg des Strohhalms, getrunken (in der Fachsprache „Küblsaufn“).

- **Fete Blanche® / White Party / Weißes Fest**

Bei dieser Festivität wurde das Karohemd durch ein weißes Hemd ersetzt, der Rest der Halle blieb unverändert.

Bei Hacklern, die direkt von der Arbeit zum Event kamen, hatten Bauarbeiter und Mechaniker im Blaumann das Nachsehen, während Malern vom Security direkt Einlass gewährt wurde.

- **Ampelparty**

Durch Tragen eines Armbandes in Rot, Gelb oder Grün wurde dem Gegenüber die Flirt-Bereitschaft signalisiert. In Abhängigkeit des Pegels, also nach überschlagsmäßig 2 Meter Bacardi®-Cola, waren die Grenzen zwischen den Farben oftmals fließend. Da konnte Rot schnell in Grün umschlagen.

- ***Bad Taste Party***

Man könnte ja meinen, dass jedes Clubbing grundsätzlich schon eine *Bad Taste Party* war. Und eigentlich gab es bei den *Bad Taste Partys* auch genau die gleiche Musikauswahl wie sonst auch, nur dass alle Gäste durch einen grauslichen Mix aus 80er-Jahre-Stirnbandln und Spandex-Hosen noch einen Deut hässlicher waren als sonst. Und dass bei diesen Partys plötzlich auch die Punk- oder Metalfraktion des Dorfes zu Britney Spears auf der Tanzfläche herumhüpfte, weil es diesmal halt ironisch war.

Auch eine schöne Gschicht: Einmal, ich weiß es noch, als ob es gestern gewesen wäre, ist mein Kollege neben mir an so einer wunderbaren Europaletten-Bar gestanden und hat, nachdem ihn rasante Übelkeit überkam, die Plastikfolie aufgerissen, um IN die Bar – also zwischen die Europaletten – zu speiben. Es war herrlich. Ich kenne viele Menschen, die vor die Bar, über die Bar, auf die Bar oder unter die Bar gekotzt haben, aber es war mir komplett neu, dass man auch tatsächlich in die Bar hineinkotzen kann. So gesehen haben Clubbings meinen Horizont auf vielfältige Art und Weise erweitert.

Russische Traditionen

Russische Traditionen

Ich versuche schon zum dritten Mal, den Mietwagen anzustarten, aber mehr als ein trockenes, reibendes Geräusch kommt irgendwie nicht aus der Motorhaube. Im Auto herrscht wildestes Tohuwabohu – Schreien, Lachen, komplettes Durcheinander, denn die meisten Insassen sind gerade definitiv nicht nüchtern. Beim vierten Versuch gluckert der Motor endlich satt und läuft an, die Scheinwerfer blenden auf, und plötzlich taucht direkt vor der Stoßstange ein torkelnder, blutverschmierter Russe auf. Aus dem Nichts. Keine Ahnung, wo der herkam. Im Auto nimmt das Geschrei plötzlich überhand. Die rote Suppe tropft ihm über sein Gesicht, er steht da wie ein Zombie. Mit leicht gesenktem Kopf und stoischem Blick brabbelt er vor sich hin. Wir haben kurzen Augenkontakt, sofern man mit seinen Augen noch irgendwie Kontakt aufnehmen kann.

Irgendwer dürfte ihm gerade ordentlich in die Goschn gehaut haben. Vielleicht ist er auch gegen einen Baum gerannt, wir werden es nicht erfahren. Denn in akuter Panik steig ich aufs Gas, als wollte ich gerade in jugendlichem Übermut einem *Gspusi*[1] mit einem *Hatzerl*[2] imponieren. Nach zwanzig Meter Fahrt kippt das wilde Geschrei meiner Bandkollegen im Auto jetzt deutlicher in Lachen um. Auch, um zu kaschieren, dass sich gerade alle beinahe in die Hose geschissen haben. Nicht nur wegen des blutverschmierten Zombie-Russen, sondern auch wegen all der anderen Dinge, die uns hier auf dem ersten Konzert soeben widerfahren sind. Wir sind *The Gogets*, wir schreiben das Jahr 2014, und wir befinden uns auf unserer ersten und einzigen Russland-Tour. Ganze zehn Konzerte werden wir hier spielen, es wird ständig Chaos herrschen, doch das ahnen wir noch nicht.

Gerade eben sind wir noch auf der Bühne gestanden. Oder, besser gesagt, auf dem Bretterverschlag, den uns der Veranstalter des kleinen Open Airs als Bühne verkaufen wollte. Bei dem Funkenflug, den der Sicherungskasten neben der Bühne veranstaltete, war es nur verwunderlich, dass nicht der gesamte Bretterhaufen lichterloh in Flammen aufging, während wir spielten. Vermutlich hätten wir uns einen kurzen Moment lang wie Rammstein gefühlt. Aber wenn schon Abtreten à la Rammstein, dann bitte auch auf einer Bühne ihrer Dimension, und nicht wie hier auf diesem Verschlag. Aber wenn man als junge, ambitionierte Band in einem Land, weit entfernt der Heimat, auftreten kann, ist erst mal einfach alles aufregend. Und man nimmt so vieles hin. Beispielsweise jeden einzelnen Stromschlag, den man über das Mikrofon auf die Lippen bekommt. Jeden einzelnen, ganz gelassen. Es wird einem erst mit der Zeit und dem Alter mulmiger. In Russland, so hat mir einmal ein Elektriker erklärt, gibt es nämlich keine Erdung. Ich weiß zwar bis heute nicht genau, wofür so eine Erdung gut ist – aber ich weiß jetzt aus schmerzhafter Erfahrung, dass man ständig übers Mikrofon Stromschläge ins Gesicht kassiert, wenn die Erdung fehlt. Man muss aber auch ehrlich sagen, dass das kein rein russisches Phänomen ist, sondern einem natürlich auch in unseren Breiten passieren kann: Wenn der ganze Club schon beim Betreten einen hundsmiserablen Eindruck macht, dann ist die Wahrscheinlichkeit durchaus gegeben, dass es wieder ein elektrisierender Abend für die Band wird.

Bei meinem allerersten Konzert in Deutschland 2004 in Chemnitz hat uns der Veranstalter gleich beim Betreten des Clubs vorgewarnt, dass dies hier ein ABM-Club sei. Seither weiß ich, dass die Abkürzung „ABM" damals in der DDR bzw. im Osten für „Arbeitsbeschaffungsmaßnahme" stand und der Club quasi nur gebaut wurde, um für irgendjemanden Arbeit zu schaffen. Arbeit lehne ich ja generell ab, das muss ich hier wahrscheinlich nicht noch mal extra betonen. Aber wenn es jetzt Leute gibt, die so ABM-mäßig lieber einen Club für Bands bauen, als zu Hause die Couch zu besetzen, dann kann ich dem schon was abgewinnen und finde das prinzipiell gut. Schlecht ist halt, wenn nicht Wissen und Talent zählen, sondern einfach nur, dass Arbeit beschafft wird. Weil dann ist plötzlich irgendeiner für die Elektroinstallationen zuständig – Elektriker ist der nicht unbedingt, arbeitslos aber sicher. Und damit steigt wiederum die Wahrscheinlichkeit, dass die Musiker, die dann in diesem Club auftreten werden, immer Stromschläge ins Gesicht kriegen.

So ist das natürlich auch im ABM-Club bei meinem ersten Konzert in Deutschland passiert, nur wusste ich da im ersten Moment noch nicht, dass das ein Stromschlag war. Ich dachte eher, dass mich gerade was gebissen hat. Aber woher soll die unsichtbare Schlange kommen, die meinen Mikroständer hochkriecht und mich in die Lippe beißt? Gibt es in Chemnitz überhaupt beißende Schlangen? Vor allem unsichtbare? Egal, es hilft eh nichts, da muss man eben durch. Und sorgt als Nachwuchsband schon beim ersten Konzert für knisternde Stimmung. Kann auch nicht jeder behaupten. Nur jemand, der sein Debüt im ABM-Club gibt.

„Das ist sicher ein ABM-Club!", rufe ich also meinem Bandkollegen quer über den russischen Bretterverschlag zu. Er schaut mich nur fragend an. Tja, da bin ich ihm eine Erfahrung voraus. Ich lasse ihn, fragend dreinschauend, zurück, denn ich muss mich um meinen Verstärker kümmern, bzw. das Ding, das einem Verstärker nahekommen soll. Ich versuche eine gefühlte Ewigkeit dem Gerät solche Geräusche zu entlocken, die den Tönen meiner Gitarre zumindest ähneln. Ich glaube aber selbst nicht, dass es mir wirklich geglückt ist. Nach dem Motto „besser wird's nicht" gebe ich mich mit dem Resultat zufrieden, denn nicht nur die Bretterbühne hier dürfte eine ABM-Maßnahme vom russischen Staat gewesen sein, sondern auch der Verstärker an sich ist halt, wie man im Volksmund ja so schön sagt, „russisch". Marke Eigenbau von jemandem, der wahrscheinlich mehr Ahnung vom Schwarzbrennen als vom Löten hatte. Aber ich bin froh, dass der Veranstalter überhaupt etwas bereitgestellt hat. Ich lasse es gut sein und gehe noch mal zurück in den Backstage-Bereich. Und nein, die Organisatoren haben nicht das ganze beim Verstärker eingesparte Geld in den Backstage-Bereich gesteckt. Unser Bereich besteht einfach nur aus drei Stangen, die mit einer weißen Bauplane überspannt sind. Aber: Es steht ein funktionierender Kühlschrank drin. Kein ABM-Gerät – trotzdem ziemlich sinnlos. Denn es ist Oktober in Russland, und das ganze Land ist ein einziger Kühlschrank. Bier muss man in diesem Backstage-Raum nicht extra einkühlen. Hier ist es kalt genug. Viel kälter als daheim, und ganz klassisch habe ich viel zu wenig an. Eine Sache, die ich einfach nicht und nicht lerne. *Style over function* nennt man das auf Neumodisch – das bedeutet in etwa, dass man zwar cool aussieht, aber permanent krank oder zumindest verkühlt ist. Und während ich so in meinen zerrissenen Jeans vor mich hin friere, erinnere ich mich an die Warnung aller Menschen, ja wirklich ALLER MENSCHEN, mit denen ich vorab über diese Tour gesprochen habe: „Du fährst nach Russland? Zieh dir was Ordentliches an, dort ist es kalt." Und die Warnung kam nicht nur von Leuten, die schon einmal in Russland waren. Sie kam einfach von allen. Das ist irgendwie Grundwissen und wurde Österreichs Jugend in der Mini-ZiB, manchen auch in Rocky IV vermittelt. Aber wie gesagt: *Style over function.*

Lebensweisheit: „Angespiebenes Gewand“:

Eine weitere Erkenntnis, die ich von dieser Tour mit nach Hause genommen habe, ist, dass feuchte Kleidung bei Kälte ganz schlecht trocknet. Vor allem angespiebene und danach notdürftig ausgewaschene Kleidung. Nachdem mich einer meiner Bandkollegen, ich verrate natürlich nicht, welcher, schon zu Beginn der Tour „unabsichtlich“ angespieben[3] hat, versuchte ich den Rest der Zeit mein Gewand auf der Abdeckung des Kofferraums zu trocknen. Aber das hat leider so gar nicht funktioniert, weil es einfach immer zu kalt war. Wisst Ihr, wie ehemals angekotzte, dauerfeuchte Wäsche nach zwei Wochen riecht? Ich weiß es.

Der Veranstalter des Open Airs wartet auf mich im „Backstage-Bereich“, um vor dem Konzert noch einen Schnaps zu trinken. Eines hatte ich nach zwei Tagen in Russland schon gelernt: Es wird sehr viel Schnaps getrunken. Ich hatte das Gefühl, dass einfach ständig jeder mit jedem Schnaps bzw. eben Wodka trinkt. Nachdem ich nun 48 Stunden in diesem Land war, hatte ich gefühlt mit jedem Russen, mit dem ich ein paar Worte wechselte, auch einen Schnaps getrunken. Man ist dann direkt schon verwundert, dass man mit dem Verkäufer an der Tankstelle oder dem Schaffner in der U-Bahn bei der Ticketkontrolle nicht auch schnell noch einen Kurzen ext.

Der Veranstalter prostet mir zu, wir kippen uns den Wodka runter, mein Gesicht verzerrt sich in alle erdenklichen Richtungen, und er bekräftigt seine Freude über diesen Umstand mit einem lauten *„It's Russian tradition“*, bevor er schallend loslacht.

Genau diesen Satz hörte ich in meinen ersten beiden Tagen in Russland von wirklich jedem Menschen, der mir einen Schnaps anbot. Man trinkt und sagt sich dann, dass man eh nur trinkt, weil es eben *„Russian tradition"* ist. Und ja, das glaub ich ihm schon, denn wenn man immer und mit jeder Person Schnaps trinkt, dann dürfte es tatsächlich etwas wie eine Tradition sein. Oder einfach Alkoholismus, da sind sich die Experten uneins. Man bekommt dann meist auch noch in verschiedene Flüssigkeiten eingelegte Snacks dazu, Zwiebeln oder Champignons. Das ist sehr gastfreundlich. Und man muss – und das ist ganz wichtig – dem Trinktempo des Gastgebers folgen, sonst macht man sich sehr unbeliebt. Das wäre dann vom Gast nicht freundlich. Sobald der Gastgeber nachschenkt, wird getrunken. Keine Widerrede. Seltsame Tradition, aber gut, ich bin ja zu Gast hier und nicht, um russische Traditionen mit dem schon gut angeheiterten Veranstalter zu diskutieren. Möchte ich auch gar nicht.

Jetzt kommen meine Kollegen vom Einstellen ihrer ABM-Geräte zurück, und auch sie dürfen bzw. müssen nun die russische Tradition pflegen. Auch sie fügen sich unterwürfig dem Trinktempo des Veranstalters.

Der Tontechniker steckt plötzlich seinen Kopf durch die weiße Plastikplane, die den Bühnenaufgang verhängt, und ruft uns *„You now play"* zu, was wahrscheinlich heißen soll, dass wir jetzt anfangen. Ich hoffe, dass Genosse Tontechniker sich auch noch daran erinnert, was ich ihm in der Umbaupause geschlagene fünf Minuten lang erklären musste: Dass er doch bitte unser Intro[4] abspielen soll. Hierzu überreiche ich ihm auch feierlich einen USB-Stick. Er antwortet zehn Mal mit *„No problem!"*, nur um sich dann umzudrehen und sich mit seinem Techniker-Kollegen der Ausführung traditioneller russischer Trink-Zeremonien zu widmen. Und so lausche ich nun, aber Intro ertönt natürlich keines. Wir halten kurz inne und warten, ob es noch kommt. Aber das Einzige, was man hört, ist die Wodkaflasche, die gerade wieder auf den Tisch geknallt wird. Der Veranstalter hat uns erneut nachgeschenkt. Somit flüchten wir quasi direkt nach vorne auf die Bühne. Ganz Russisch, also ohne Intro.

Grundsätzlich macht es nichts, wenn mal keines läuft (keine Band der Welt hat dadurch an Erfolg eingebüßt), aber es regt mich in diesem Moment maßlos auf, weil ich einfach nicht gerne auf taube Ohren stoße und dem Techniker die Sache mit dem Intro ja zuvor zig Mal erklärt hatte.

Lebensweisheit: „Ärgern macht's ärger"

Meist sind das die besten Einstiege in Konzerte, wenn ich mich kurz vorher richtig ärgere. Nicht, dass ich diesen Zustand jetzt permanent anstrebe, aber ich nehme dann die ganze Aggression mit auf die Bühne und baue die Wut ins Konzert ein. Die Leute empfinden das dann oft als „mitreißende Energie auf der Bühne, die so richtig spürbar ist". So etwas höre ich dann nachher öfter. Der Ärger legt sich eigentlich immer rasch, spätestens nach zwei Songs und ein paar Schlucken Bier habe ich auch oft vergessen, warum ich mich überhaupt ärgern musste. Aber die Energie bleibt spürbar – irgendwie eine optimale Lösung.

Während ich die ersten Akkorde spiele, beobachte ich meinen Techniker-Freund dabei, wie er sich lieber über die Wodka-Vorräte als über die Regler seines Mischpultes hermacht. Währenddessen bekomme ich regelmäßig über das Mikro Stromschläge ins Gesicht. Es wird also wieder mal eine dieser energiegeladenen Shows. Die tanzenden Russen haben jedenfalls ihren Spaß am grantigen Wiener.

Der Sound auf der Bühne ist eine einzige Katastrophe, überall kracht, zischt und klirrt es, und ich wünsche mir vergeblich unseren eigenen Tontechniker aus Österreich herbei. Doch aus Kostengründen musste der zu Hause bleiben. Also nicht direkt aus seinen Kostengründen, sondern aus meinen. Noch eine weitere Person auf Tour hätte die Bandkassa vermutlich nicht hergegeben. Trotzdem wünsche ich ihn mir in diesen Minuten sehnlichst herbei.

Ein paar Songs später wird die Szenerie auf einen Schlag deutlich dunkler. Aber nicht, weil sich urplötzlich die Polarnacht über das Open-Air-Gelände gelegt hat – nein, der Strom fällt aus. Was für mich als Elektronik-Laie schon von Beginn an ersichtlich und später als Band auch durch die ständigen Stromstöße spürbar war, bewahrheitete sich: Der gesamte Bühnenbereich war eine einzige ABM-Maßnahme des russischen Arbeitsamts. Der Sicherungskasten war mit rammstein'schem Funkenflug durchgebrannt.

Von nun an beschaffen sich der torkelnde Tontechniker und seine betrunkenen Kollegen selbst Arbeit und suchen, mit Taschenlampen über die Bühne stolpernd, nach der Ursache des Stromausfalls. Nicht wissend, dass wahrscheinlich das ganze Strom-Konstrukt von Beginn an ein einziger Fehler gewesen ist. Ich verabschiede mich bereits von dem Gedanken, dass dieses Konzert zu Ende gespielt werden kann, schlendere zu meinem Verstärker, hoffend, keinen finalen Schlag zu bekommen, und beginne schon mal damit, Kabel abzustecken und zusammenzurollen.

Weniger gefasst nimmt das Publikum die Situation auf. Das allgemeine Gelalle und Geklatsche wird bald von Geschrei und Gläserklirren und danach von Polizeisirenen und Hundegebell abgelöst. Auch der russischen Polizei ist mit diesem Open Air Arbeit beschafft worden. Jetzt erhöhe ich sogar mein Arbeitstempo, denn, wenn irgendwie möglich, gilt es nämlich, Begegnungen mit der Polizei grundsätzlich zu vermeiden. Vor allem dann, wenn man sich in einem Land befindet, in dem wirklich niemand deine Sprache spricht. Ich scheine das irgendwie anzuziehen. Wenn es zu einer Polizeikontrolle kommt, bin meist ich es, der herausgefischt und befragt wird. Und als tourende Band hat man ständig Polizeikontrollen. Manchmal mehrere pro Tag. Wenn es möglich ist, möchte ich aber die Erfahrung eines Verhörs auf einer russischen Polizeidienststelle überspringen.

Andere russische Erfahrungen habe ich auch gemacht. Was wiederum so manchen Einheimischen ein Kopfschütteln kostete. Wir wussten einfach nicht, dass man hierzulande gewisse Strecken nicht in der Nacht fahren sollte. Wir selbst merkten das auch erst, als ein Veranstalter relativ perplex war, wie früh wir bei der Location ankamen. Wir waren halt die Nacht durchgefahren. Der Kollege klärte uns Milchbubis mal kurz darüber auf, wie so ein russischer Überfall auf der Landstraße abläuft. Da werden nämlich spitze Gegenstände oder Nagelbretter quer über die Fahrbahn gelegt, damit man mit einem Platten stehenbleiben muss. Wie es weitergeht, kann man sich denken. Im besten Fall wird man ausgeraubt, im schlimmsten Fall kaltgestellt.

Die Strecke, die wir in der Nacht zurücklegten, meiden normalerweise sogar Russen. Uns Nicht-Russen wurde dringend geraten, nur noch tagsüber diese Route entlangzufahren. Wahrscheinlich, damit man die Nagelbretter zumindest sieht und sich gedanklich dann besser auf den anstehenden Überfall einstellen kann. Uns blieb allerdings die Misere zum Glück erspart. Vielleicht waren die Räuber hinten im Wald gerade damit beschäftigt, die Traditionen am Leben zu erhalten.

Übrigens sind nicht nur russische Landstraßen ein Abenteuer für sich. Auch die Autobahnen haben so ihre Tücken. Ich denke da an eine Nachtfahrt, die sehr plötzlich endete.

Aber nicht, weil wir einem Verbrechen zum Opfer fielen. Nein, wir fuhren nur auf der Autobahn, aber die war plötzlich zu Ende. Einfach aus. Straßenbankett. Eben erst Autobahn, plötzlich Feld. Gut, ist das Teil halt noch in Bau. Aber ein Straßenschild, ein Warnhinweis, irgendetwas hätte uns schon sehr geholfen.

Zurück zum Konzert: Beim Einpacken sehe ich, wie der Veranstalter nun zu den eingetroffenen Polizisten schwankt. Ich bin mir sicher, das Protokoll verlangt, dass erst mal die russische Tradition – Stichwort Wodka – gelebt werden muss. Diesen Zeitvorsprung nützen wir. Das Konzert, das Fest, das Open Air ist vorbei. Abmarsch. Kurze Zeit später stapeln wir uns also gerade selbst in den Mietwagen, starten den Motor – und finden den blutverschmierten Zombie in unserem Lichtkegel. Ich steig aufs Gas, es reicht, wir verlassen diese abstruse Szenerie.

1

Gspusi, das (aus dem Italienischen: sposo „Bräutigam", sposa „Braut"): österreichisches Wort für Techtelmechtel, Pantscherl, Liebschaft. Häufig tritt ein Ungleichgewicht in der gegenseitigen Zuneigung auf – so kann ein oftmals zu Beginn noch gschmeidiges Gspusi auch relativ dramatisch enden.

2

Hatzerl, das (Verb: heizen – einen Ofen anzünden, etwas erwärmen): in der Provinz geläufiger Begriff für eine Spritztour über dem Tempolimit, manchmal auch im Duell gegen einen befreundeten oder auch verfeindeten Fahrzeughalter;

außerdem ist mit „Hatzerl“ auch noch der Vorgang gemeint, mit dem eigenen Auto am Hauptplatz der Kleinstadt anzugeben („Hauptplatz-Hatzerl“). Kavalierstart, Drifterl, so was halt. Da die meisten „Hatzerl“-Fahrzeuge in der Provinz nicht nur über Spoiler, sondern meist auch über Schürzen verfügen, führt ein „Hauptplatz-Hatzerl“ aufgrund des dort oft verlegten Kopfsteinpflasters auch mal zu Schäden am Fahrzeug. Herrlich, wenn man als Augenzeuge gerade im Café-Gastgarten am Hauptplatz sitzt.

3

speiben (von „speien“: sich übergeben): meist mit übermäßigem Verzehr von Alkohol verknüpfte, schwallartige Entleerung des Mageninhalts. Kündigt sich oft durch Übelkeit an, kommt aber auch nicht selten total überraschend und ist besonders dann unangenehm, wenn man als eigentlich Unbeteiligter – so wie ich im vorliegenden Fall – der „Angespiebene“ ist.

4

Intro, das (Abkürzung aus dem Englischen, lat. „introductio“: Einführung): meist kurzes Musikstück oder Sample, welches das Konzert einer Band einleitet, um die Aufmerksamkeit des Publikums auf die Bühne zu lenken. Wird von den Verantwortlichen (Tontechnikern) oft vergessen. Dann stolpert die Band ohne musikalische Einleitung bei vollem Saallicht auf die Bühne, was meist wenig heroisch aussieht.

Traumberuf Politiker

Traumberuf Politiker

Der Titel dieses Kapitels ist irreführend – als ob irgendein Kind je den Berufswunsch „Politiker" geäußert hätte. AstronautIn, Feuerwehrmann oder -frau, Tierarzt oder -ärztin, PilotIn – das wollen Kinder doch werden. Eventuell wollen manche auch noch PolizistIn werden. Von mir aus. Aber Politiker oder Politikerin?! Das kann man mir nicht erzählen, dass das jemals ein Kind wirklich ernsthaft gesagt hat.

Und ich kann es auch verstehen, dass dieser Wunsch selten geäußert wird. Warum sollte man auch Politiker werden? Wenn man so mancher Umfrage Glauben schenken darf, ist das auch der mit Abstand unattraktivste Beruf. Sexuell gesehen, denn darum ging es bei der zitierten Umfrage. Und auch das öffentliche Ansehen ist mehr schlecht als recht. Ständig steht man in der Kritik, muss sich andauernd rechtfertigen, ist Projektionsfläche für sämtliche Missstände. Einige Politiker landen auch irgendwann in ihrem Leben (meist völlig zu Recht, und doch viel zu spät) vor dem Richter. Einsitzen müssen sie aber generell nicht, weil sie Freunde haben, die auch Politiker sind und sich darum kümmern, dass sie mit einer Fußfessel in ihrer Villa sitzen dürfen, andere Freunderln sogar in der Eden-Bar. Ein Gefängnis von innen sehen die allerwenigsten. Und die, die halbwegs ehrlich sind, sind aber trotzdem immer unbeliebt – außer man ist tot, dann geht's halbwegs. Vor allem in Österreich.

Kurzum: Politiker ist nicht gerade ein Traumberuf.

Deswegen wundert es mich, dass ich in meinem Leben tatsächlich eine politische Position eingenommen habe. Ich bin da aber irgendwie reingerutscht. Wie sagt man so schön? „Das hat sich so ergeben."

Am Anfang hatte ich eigentlich nur die Idee für einen Song, in dem ich besinge, dass alles besser und korrekter wäre, wenn ich ein Politiker mit einer gewissen Machtfülle wäre (das denke ich übrigens nach wie vor). Ich würde mich stark machen für Punks und Tachinierer[1], ich würde mein Gehalt den Brauereien zur Verfügung stellen, ich würde alles besser verwalten und Bierkonsum subventionieren.

Lebensweisheit: „Kreativität"

Kreativität lässt sich nur sehr schwer erzwingen, auch wenn man sich das manchmal wünschen würde. Kreative Phasen kommen oft auch unerwartet. Beim Familien-Essen, kurz nach dem Geschlechtsakt oder einfach am Klo – der einzige Ort, an dem man wirklich seine Ruhe hat, daher optimal für kreative Prozesse. Wenn mal eine Idee da ist, dann muss sie relativ rasch umgesetzt werden. Mir kommen die meisten Einfälle beim Autofahren. Ich habe die meisten Nummern, die ich in meinem Leben geschrieben habe, hinter dem Lenkrad konzipiert. Da hat man Zeit, sich Gedanken zu machen (vorausgesetzt, man fährt alleine und kein Beifahrer stört den kreativen Prozess). Und das Wichtigste: Man kann laut und schief singen. Das könnte man natürlich auch, wenn ein Beifahrer im Auto sitzt, keine Frage – aber ohne ist es angenehmer, für alle Beteiligten. Für den Song „Die Bierpartei" etwa habe ich 20 Kilometer Autobahn gebraucht, dann war er so gut wie fertig (okay, ich bin auch sehr langsam gefahren). Gut Ding will bekanntermaßen Weile haben, aber manchmal braucht gut Ding auch gar nicht so viel Weile.

Natürlich ging es mir nicht unmittelbar um den Aufbau einer echten politischen Partei – das kam erst viel später –, sondern um eine Idee für einen Song. Genau diese Idee des aufrechten, oftmals betrunkenen Politikers in ein Lied zu packen, das hat mir extrem gut gefallen und wäre hierzulande für mein Empfinden auch ein gewisses Novum. Also nicht der Typus des „oftmals betrunkenen Politikers" – den gibt es immerhin recht häufig, aber den „aufrechten Politiker", den sieht man in freier Wildbahn eher selten.

Als die Nummer dann kurze Zeit später aufgenommen war, wollte ich die Grundaussage des Songs weiter ausbauen – das Thema gibt ja einiges her. Und so begann ich, Wahlplakate zu basteln, Partei-Logos zu entwerfen und Slogans zu kreieren. Die Partei-Farbe Gelb wählte sich von selbst, weil sie doch sehr passend für Bier ist. Außerdem war es die einzige Farbe, die im österreichischen parteipolitischen Farbenspektrum noch unbesetzt war. Abgesehen von Braun, das wäre auch nach wie vor frei, aber bis dato hat sich keine Partei drübergetraut, offen mit Braun anzutreten, auch wenn doch manche sehr dafür stehen.

Dann passierte, politisch gesehen, einmal länger nichts. Das Video zu „Die Bierpartei" erblickte das Licht der Welt und fand großen Anklang. Ich nützte jedes meiner Konzerte auch gleich als Wahlveranstaltung, obwohl gar keine Wahl anstand. Aber das machte nichts, denn man konnte ja einfach so tun, als ob eine Wahl anstünde. Das Publikum war stets mit voller Inbrunst dabei.

Es gab da eine Sache, die mich unrund machte: Die Partei, die ich da so frenetisch auf meinen Konzerten feiern ließ, die gab es halt eigentlich nicht. Das ist zum Glück nicht allzu schwierig zu ändern. Österreich wird ja auch als das „Land der 1000 Parteien" bezeichnet. Man muss nur eine ordentliche Satzung verfassen und einen kleinen Obolus entrichten, schon ist man als Partei dabei. Also habe ich kurzerhand eine Satzung geschrieben, die aber umgehend abgelehnt worden ist, was mich aber nicht gewundert hat, denn es war ja meine erste Satzung, und beim ersten Mal macht man bekanntermaßen immer einiges falsch.

Man geht zwar vielleicht sehr leidenschaftlich ans Werk, aber meist auch überaus dilettantisch.

Also habe ich die Satzung überarbeitet, und beim zweiten Anlauf wurde gar nicht mehr so viel beanstandet. Beim dritten Anlauf ist es dann gelungen – ich habe es tatsächlich geschafft, die Bierpartei in das Österreichische Parteienregister eintragen zu lassen. Von nun an konnte ich immer und überall lauthals verkünden, dass die Bierpartei eine im Österreichischen Parteienregister eingetragene Partei ist. Das gab dem ganzen Unterfangen noch mal einen dramatischeren Spin.

Als echte Zäsur für meine politischen Ambitionen stellte sich der 17. Mai 2019 heraus. Ich war wieder einmal mit dem Auto unterwegs, als das Ibiza-Video mit HC Strache und Joschi Gudenus in den Hauptrollen veröffentlicht wurde. Ich habe ja vorher schon erwähnt, dass die besten Ideen beim Autofahren entstehen, und während dieser Fahrt schoss es mir durch den Kopf, dass ich im Falle von Neuwahlen ernsthaft antreten möchte und auch alles daransetzen würde, dies Wirklichkeit werden zu lassen.

Die etablierten Parteien des Landes machen es einem natürlich denkbar schwer, bei einer Wahl anzutreten. Je mehr Parteien nämlich am Kuchen der Macht mitnaschen, desto kleiner wird das Stück für jede einzelne – und darauf reagieren Politiker für gewöhnlich sehr empfindlich.

Und genau das ist das Problem: Viele Politiker sind der Annahme, dass ihnen Macht zusteht, und was man einmal hat, das darf einem nicht mehr „weggenommen" werden. Dabei ist der Spruch „Die nehmen uns die Stimmen weg" völlig falsch. Prinzipiell kann man jemandem ja nur etwas wegnehmen, was ihm tatsächlich gehört. Und wo, bitte, steht geschrieben, dass einer politischen Partei auf ewig eine gewisse Anzahl an Stimmen „gehört"? Das klingt jetzt vielleicht ein bisschen pathetisch, aber ich bin der Meinung, dass politische Parteien von Wahl zu Wahl darum kämpfen müssen, ihre Stimmen zu halten. Und falls sie dann am Ende doch weg sind, wurden sie ihnen nicht „weggenommen" – sie haben sie einfach verloren.

Und so fasste ich also den Entschluss, an der kommenden Nationalratswahl teilzunehmen – wusste aber nicht, wie das genau funktioniert und was man dafür tun muss. Doch rasch kam Licht ins Dunkel: Man muss eine unfassbare Anzahl an Unterstützungserklärungen von wahlberechtigten Menschen einsammeln. Und das in sehr kurzer Zeit. Aber es gelang. In einem Kraftakt, mit größter Anstrengung und unter Mithilfe von Freunden, Familie und Fans, per Post oder meist auf der Straße. Mit Überzeugungsarbeit und in tausenden Gesprächen. Bei, mit und durch Bier. Aber auch einfach mit der grundlegenden Idee, einer neuen politischen Kraft im Land auch einmal die Chance zu geben, sich zu beweisen.

Bei meinem ersten Antreten bei einer Wahl gelang mir mit 0,1 Prozent der Stimmen österreichweit ein Achtungserfolg, vor allem mit dem Hintergrund, dass die Bierpartei zwar bei einer Nationalratswahl antrat, aber nur in Wien wählbar war. Außerdem sind 0,1 Prozent genau 1 Promille – somit hätte ich mir mein erstes Wahlergebnis kaum schöner vorstellen können.

Nach diesem fulminanten Einstieg in den politischen Zirkus posaunte ich gleich hinaus, dass es ab sofort keine Wahlen mehr in Österreich geben werde, an denen sich die Bierpartei nicht beteiligte. Seien es die Wahlen des neuen Staatsoberhauptes oder die Wahl zum Obmann des Kleingartenvereines in Schasklappersdorf. Und wenn man etwas ankündigt, dann muss man es auch mit relativ wenigen Ausnahmen durchziehen, das ist so meine Devise. Und so ist die Bierpartei auch bei den Wiener Gemeinderatswahlen 2020 angetreten. Und was soll ich sagen? Als absolute Außenseiter sind wir nun in 11 Bezirksparlamente eingezogen. Und ich bin auch als Bezirksrat in meiner Heimat Wien-Simmering tätig. So ist meine kleine Partei zu einer, sagen wir mal vorsichtig und demütig, ernsthaften politischen Kraft in diesem Land angewachsen. Wie die Geschichte der Bierpartei aber schlussendlich ausgeht, ist noch offen. Wie schon weiter vorne beschrieben, gibt es in Österreich ja Möglichkeiten vom Bundeskanzleramt bis zur Justizanstalt. Ich tippe im Fall der Bierpartei aber definitiv auf Ersteres.

Exkurs: „Demokratie"

Demokratie ist eine wunderbare Sache. Dennoch sind die Möglichkeiten der politischen Mitgestaltung oftmals sehr begrenzt, wenn man nur Wähler ist. Wie man am Beispiel der Bierpartei aber sehen kann, ist es möglich, aktiv am politischen Prozess teilzunehmen, wenn man nur hartnäckig genug ist. Das find ich schon leiwand.

Exkurs „Unterstützungserklärungen"

Ich bekomme sehr oft die Frage gestellt, wie man denn eine politische Partei aus dem Boden stampft. Natürlich kann ich Euch nicht alle meine Geheimnisse verraten, aber ein Großteil der Arbeit ist, einfach stundenlang auf der Straße herumzustehen und mit Leuten zu reden. Im Falle der Bierpartei trinkt man dabei noch Bier. Ja, Ihr merkt, das Ganze hat viel Ähnlichkeit mit Straßenpunks, nur hab ich ab und zu dabei sogar einen Anzug an.

Aber ich möchte Euch kurz den Vorgang des Einsammelns von Unterstützungserklärungen, damit eine politische Partei bei einer Wahl antreten darf, erläutern. Um Euch eine Art

Anleitung für Eure eigenen politischen Projekte zu geben, und um allen anderen, die verständlicherweise nicht den Berufswunsch des Politikers hegen, die Absurdität dieses Unterfangens aufzuzeigen:

- *Politische Partei steht auf der Straße und spricht Bürger und Bürgerinnen an.*
- *BürgerIn muss höchstpersönlich ins Amtshaus gehen.*
- *BürgerIn muss dort mit amtlichem Lichtbildausweis vorstellig werden.*
- *BürgerIn unterschreibt korrekten Zettel.*
- *BürgerIn bringt Zettel zurück zu politischer Partei, obwohl er/sie gerade am Amt war.*
- *Politische Partei sammelt alle Zettel und bringt sie zurück zum Amt.*

Ja, so läuft das ab im modernen, unbürokratischen Österreich. Dass man das ganze Unterfangen nicht online erledigen kann, unterstreicht natürlich meine These, dass die etablierten Parteien wenig Interesse daran haben, dass am Wahlzettel eine weitere Partei auftaucht, die ihnen Stimmen „wegnimmt".

1

Tachinierer, der (von Tschechisch *„tachni"* für *„fort mit dir"*, Soldatensprech für *„sich unerlaubt vom Dienst entfernen"*): Ein Tachinierer ist ein Mensch, der sich (meist gekonnt) vor Arbeit im Allgemeinen zu drücken vermag. Tachinieren muss gelernt sein. Tachinieren und Bierkonsum gehen oft Hand in Hand.

Drei Finger für ein Halleluja

Drei Finger für ein Halleluja

Detroit, Michigan: *‚Come on, wake him up, you guys have to go on stage!'*, höre ich dumpf eine Stimme in weiter Ferne. Ich war eingeschlafen, und es war toll. Denn das erste Mal seit zwei Wochen lag ich auf einem Sofa. Einem gemütlichen Sofa, das meinem geschundenen Körper etwas Ruhe gönnte. Ich war jetzt seit 14 Tagen auf USA-Tour mit *JM Kanes* (ja, eine meiner weiteren Bands, in denen ich gespielt habe) und nützte inzwischen jede sich mir bietende Gelegenheit, um zu schlafen.

So liege ich also im Halbschlaf auf einem Backstage-Sofa. Die anderen Unterkünfte auf dieser USA-Tour waren – um es vorsichtig auszudrücken – wenig glamourös. Ganz selten gab es ein richtiges Bett, die meiste Zeit lagen wir nachts direkt auf dem Boden. Da waren wirklich abenteuerliche Schlafstätten dabei. Jetzt, mit über 30, würde ich mich an ein paar dieser Orte nicht mal mehr hinsetzen, damals haben wir uns zum Schlafen dort zusammengekauert. Es stimmt schon, wenn man jung ist, hält man das auch deutlich besser durch als jetzt im hohen Alter von 30+. Und als junge Band nimmt man für eine Amerika-Tour wohl vieles, wenn nicht alles in Kauf. Wenn ich ehrlich bin, würde ich es auch jetzt sofort wieder machen. Pfeif auf alles, Hauptsache USA-Tour.

Die amerikanische Band, mit der wir unterwegs waren, hatte uns zugesichert, dass sie sich jeden Tag für uns um gute Schlafplätze kümmern würde. So könnten wir das Geld für die Hotels sparen und in andere lustige Dinge, wie Bier oder Fast Food, investieren. Damit hatten sie uns natürlich sofort überzeugt. Dass sich der Plan leider nur in der Theorie hervorragend anhörte, in der Praxis allerdings seine Tücken hatte, realisierte ich spätestens, als ich mir einmal mein Bett mit einem Leguan teilen musste. Schon hinsichtlich seiner

Schuppen ist so ein Leguan nicht unbedingt der optimale Bettgenosse, aber auch geruchstechnisch disqualifizierte er sich definitiv für eine zweite Nacht. Allerdings muss auch ich zugeben, dass ich nicht weiß, welche Story der Leguan seinen Freunden über mich erzählt. Vielleicht sagt er ziemlich dasselbe über den österreichischen Typen, der ihm eines Nachts sein Bett vollgestunken hat. Weil, so ehrlich muss man sein: Nach ein paar Tagen Konzert-Spielen, Tourbus-Sitzen und der Aftershow-Party des Abends werde ich auch nicht nach Flieder gerochen haben.

Doch auch die anderen Unterkünfte auf dieser Tour waren nicht viel besser. Einmal übernachteten wir sogar als komplette Band sitzend im versperrten Auto. Nach unserem eigentlichen Konzert waren wir zur Schlafstätte gelotst worden. Ein Haus mit drei Scheunen – irgendwo im Nirgendwo. Der nächste Nachbar kilometerweit entfernt. Es sah aus wie die Szenerie aus *Texas Chainsaw Massacre* oder sonst irgendeinem Film, in dem du am nächsten Morgen ohne Nieren aufwachst. Klassische Horrorfilm-Location.

Aber drin im Haus war eine ziemlich wilde Party im Gange, die konnten wir uns natürlich nicht entgehen lassen. In der Küche spielte irgendeine Band. Zuerst spielten die Burschen noch halbwegs geordnet ihre Songs runter, doch nach und nach wurden die einzelnen Bandmitglieder von betrunkenen Gästen ihrer Instrumente entledigt, und Letztere vergingen sich dann selbst daran. Von der Ursprungsbesetzung war irgendwann mal niemand mehr übrig. Und auch ich habe zuerst Gitarre, am Schluss sogar Schlagzeug gespielt. Chaos pur.

Irgendwann begannen die Leute unerklärlicherweise damit, einander mit Mehl zu bewerfen. Aber so ein ganz feines Mehl, das dir überall reinkriecht und in jede Pore dringt. Ähnlich wie bei diesen indischen Holi-Festen mit den Farben, war hier plötzlich alles mit weißem Staub bedeckt. Nur weniger friedlich und komplett gestört.

Selbstverständlich habe auch ich eine Ladung abbekommen. Als ich mir im Badezimmer das Zeug aus dem Gesicht waschen wollte, stellte ich fest, dass das gar kein richtiges Badezimmer war, sondern eher eine illegale Zoohandlung. Nach meiner Nacht mit dem Leguan konnte mich diesbezüglich aber nur noch sehr wenig erschüttern.

Wir waren bei der Party also mittendrin, aber zum Schlafen bevorzugten wir dann doch die Karre, das war eindeutig der sicherste Ort.

Man kennt ja diese amerikanischen True-Crime-Dokumentationen, die spielen sich meist auch irgendwo in der Pampa ab. Gerne auch in so einsamen Häusern mit Scheunen rundherum, und ich habe echt andere Lebensziele, als in so einer TV-Doku als Opfer eines Gewaltverbrechens zu enden.

„*Go on stage now*", höre ich die Stimme erneut rufen. Wahrscheinlich der Tourmanager der mitreisenden Band *Love Muffin*, wobei diese Rolle bei denen fast täglich wechselte. Wer am nüchternsten war, war auch zugleich Tourmanager des Tages. Generell waren sie selten nüchtern.

Ich springe vom Sofa auf und laufe Richtung Bühne. Kurz vor dem Bühnenaufgang bemerke ich ein seltsames Jucken im Gesicht. Merkwürdig – ich bin doch ohne Jucken im Gesicht eingeschlafen. Die Couch hat auch ganz akzeptabel ausgesehen, also geh ich mal nicht von irgendwelchen winzigen Viechern aus, die sich gerade in meiner Haut einnisten. Das Mehl habe ich längst abgewaschen, und außerdem habe ich eigentlich in den letzten Tagen die selbst auferlegten Hygienemaßnahmen sowie das Dusch-Intervall strikt eingehalten. Was ist also mit meinem Gesicht los?

Lebensweisheit: „Gesundes Touren“

Der Beruf des Musikers ist ja tendenziell ungesund. Wenn ich von einer Tour nach Hause komme und gefragt werde, wie es denn so gewesen ist, lautet meine Antwort meistens: „Naja, Wellness-Urlaub war das keiner.“ Die Gesundheit wird aufgrund der geringen Menge an Schlaf, des Mangels an Bewegung, des mitunter engen Kontakts mit wildfremden Leuten und nicht zuletzt der Unmengen an Alkohol doch eher geopfert.

Hört sich vielleicht komisch an – aber gerade Ernährung und Hygiene haben auf Tour viel mit Disziplin zu tun: Jedes gesunde Essen, das sich einem bietet, sollte man essen. Wer weiß, wann es wieder was Vernünftiges gibt. Dann zu duschen, wenn es geht, nicht erst, wenn es nötig ist. Immer sollte man alles so früh wie möglich erledigen, wer weiß, ob man später dazukommt. Weil entweder das Catering im nächsten Club eine Katastrophe ist und aus einer trockenen Semmel mit Cabanossi besteht, es keinen funktionierenden Sanitärbereich gibt – oder unter Umständen ein ebensolcher überhaupt nicht vorhanden ist, oder weil man einfach irgendwo in ein Fest reinstolpert und den Rest des Abends irgendwo abgestürzt ist.

Viele meiner Musikerkollegen wägen sich in puncto Gesundheit in Sicherheit, denn sie sind ja mit einem Arzt (also mit mir) auf Tour und meinen, da könne wenig schiefgehen. Ich bin schon etliche Male mit kranken Kollegen in einer Apotheke gestanden, um eine spontane Wunderheilung herbeizuführen (zumindest ist das immer die Erwartungshaltung).

Dabei wäre es doch so einfach – man lässt einfach ein paar Tage die Aftershow-Partys aus und geht früh schlafen. Damit erledigt sich das Thema Krankheit. Aber das ist dann meistens auch nicht so einfach. Vor allem, wenn man das Tief durchschritten hat, es einem vermeintlich etwas besser geht, und man die anderen feiern sieht. Wenn man sich dann dazu hinreißen *lässt, verfrüht wieder in den Party-Zyklus einzusteigen – dann erwischt es einen richtig. Das ist auch ganz generell in der Medizin so: Die Phasen der ersten Besserung sind oft die gefährlichsten.*

Resümee: Gesundes Leben und Tour vertragen sich sehr schlecht, und es geht oft schnell: Man schläft gesund ein und wacht krank auf.

Oder man schläft ein und wacht mit juckendem Gesicht auf. Was ist hier nur los? Woher kommt das Jucken? Ich sollte zur Bühne, laufe aber geistesgegenwärtig noch mal zurück zu den Toiletten, um der Sache auf den Grund zu gehen. Beim Blick in den Spiegel bin ich froh, dass ich den Umweg gemacht habe. Meine Kollegen haben es schon wieder getan: Sie haben mich zum wiederholten Male als Katze geschminkt. Und diesmal hätte es fast geklappt. Um ein Haar wäre ich so auf die Bühne gestolpert. Gut, ihre miese Schminkleistung hätte wohl jedes Tutorial-Girl mit drei YouTube-Followern besser hingekriegt, denn mehr als ein fetter Punkt auf der Nase mit süßen Schnurrbarthaaren links und rechts auf meinen Wangen war es nicht. Aber sie haben es erneut probiert. Sie dekorieren mich nun schon seit einigen Tagen mit einem Lackstift – wohl in der Hoffnung, dass ich mich dann als Kätzchen in der Öffentlichkeit zeige, im Optimalfall so ein Konzert bestreite. Dabei nutzen sie gemeinerweise die kurzen Phasen, in denen ich irgendwo einschlafe, was eben aufgrund des massiven Schlafmangels in der zweiten Tour-Woche mittlerweile fast unkontrollierbar häufig passiert.

Doch den Gefallen tue ich ihnen nicht. Ich rubble mir den Lack aus dem Gesicht und marschiere auf die Bühne, wo ich in die sichtlich enttäuschten Gesichter meiner Bandkollegen blicke, die sich wohl gerade heute auf ein Konzert mit einer Katze gefreut hätten. Heute Abend spielen wir nämlich in Detroit, ja, auch genannt *Detroit Rock City,* wie in dem berühmten Film über *KISS*. Und wäre ich genau in dieser Stadt mit Katzenschminke auf die Bühne gestürmt, so wie der ehemalige *KISS*-Drummer, würden mich meine Kollegen bis heute damit aufziehen.

Lebensweisheit: „Fehler vermeiden"

Generell gilt: Man darf sich in einer musikalischen Reisegruppe einfach keinen Fehler erlauben. Bau keinen Mist, sag nichts Falsches, stelle keine dummen Fragen, gib keine dummen Antworten. Denn die anderen der Truppe werden es nicht vergessen. Musiker vergessen nichts. Nein, warte – das stimmt so nicht ganz. Musiker vergessen eigentlich sogar ziemlich viel. Ihr Instrument beispielsweise (ist mir schon oft passiert). Oder sie vergessen ihre Einkommenssteuererklärung zu machen. Sie vergessen Texte. Sie vergessen eigentlich alles und vieles – aber nicht im Kollektiv. Wenn einmal jemand aus der Reisegruppe Blödsinn gesagt hat, dann wird ihm das bis zum Ende seiner Tage vorgeworfen, immer und immer wieder – von allen. Bei jeder Gelegenheit, die sich bietet. Oder bei jeder Gelegenheit, die sich eigentlich auch nicht bietet – das wird immer wieder hervorgekramt. Also mein Tipp: Besser erst gar keine Fehler machen.

Wie kam es eigentlich zur Katzen-Nummer? Der Tag war einfach schon lang, und wir hatten am Nachmittag Zeit zu trinken. Wir spielten in einem Club in Detroit zwischen der 7th und der 8th Mile (falls jemand den *Eminem*-Film gesehen hat), und es sah dort nicht nur *rough* aus, es war dort auch wirklich ziemlich *rough*. Sogar die amerikanische Band, mit der wir unterwegs waren, meinte, dass wir alle direkt nach dem Konzert in die nächste Stadt fahren sollten. Sie hätten „kein gutes Gefühl" bei der Sache. Vielleicht kam das ungute Gefühl bei ihnen auch daher, dass sie schon frühmorgens bei *Walmart* das Hustensaft-Regal leergekauft und direkt ausgetrunken hatten. Dazu gönnten sie sich alle anderen möglichen Spezialitäten, die der Medikamentenschrank im amerikanischen Supermarkt so hergibt.

Detroit boomte in der zweiten Hälfte des 20. Jahrhunderts als Heimat der amerikanischen Autoindustrie. Der Motor lief rund, könnte man sagen. Mit der zunehmenden Abwanderung der produzierenden Industrie und des dadurch sinkenden Wohlstandes stiegen aber wiederum die Probleme, was man dieser Stadt mittlerweile schon sehr deutlich ansieht. Häuser standen leer, eine verlassene Fabrik reihte sich neben die andere, und jede Kassiererin arbeitete hinter Panzerglas, was mich zu Beginn sehr stutzig machte. Ein paar Jahre später ist Detroit auch in die Zahlungsunfähigkeit geschlittert, hat aber, nachdem es hier viel leeren Raum gibt, inzwischen wieder eine florierende Kunstszene.

Nach dem Ausladen unseres Equipments fuhren wir aber gleich weiter über die Grenze nach Kanada, um dort die Wartezeit bis zum Konzert totzuschlagen. Detroit und Windsor auf der kanadischen Seite werden ja nur durch den Detroit River getrennt, das ist ein Katzensprung. Wir hingen in Cafés ab, tranken kanadische Biere, die durch die fruchtigen Hopfen-Noten schon knapp am Radler vorbeischrammten, und blickten besorgt über den Detroit River zurück auf die Vereinigten Staaten. Nicht nur, weil man merkte, dass ein paar hundert Meter weiter einfach ein gänzlich anderes Leben herrschte, ein rauer Ton, ein seltsamer politischer Umgang und viel weniger Freundlichkeit als hier in Kanada.

Nein, auch weil sich gerade ein richtig heftiges Gewitter da drüben zusammenbraute, direkt Unheil verkündend.

Ganz so apokalyptisch, wie die Wolken verkündeten, war dann der Auftritt der Vorgruppe, deren Namen ich vergessen habe, doch nicht. Aber trotzdem so bemerkenswert, dass ich Jahre später oft noch kopfschüttelnd daran denke und mir bis heute nicht sicher bin, ob es sich um ein sehr ambitioniertes Musikprojekt handelte oder die beiden einfach dem Rat ihres Therapeuten folgten, der vorgeschlagen hatte, irgendwelche dramatischen Lebensereignisse in musikalischer Form zu verarbeiten. Dementsprechend gestaltete sich das Konzert nämlich. Die zwei Typen standen, als Superhelden verkleidet, auf der Bühne, droschen entweder auf ihr Keyboard ein oder schrien in ihre Mikros, um sich zum Finale hin dann gegenseitig auszupeitschen. Vielleicht war das einfach Kunst, von der ich nichts verstehe, sie ließ mich jedenfalls relativ ratlos zurück. Die CD, die ich von ihnen geschenkt bekam, schaffte es leider nicht über den großen Teich zurück nach Europa.

Ich probiere immer wieder, dass es nicht passiert – doch es ist schon sehr oft so, dass man Mitbringsel und Gastgeschenke irgendwo auf Tour verliert. Da wird beim Verlassen der Location alles in den Bus geladen, irgendwer macht noch die sogenannte „Deppenrunde" – schaut also, dass er alles mitnimmt, was jemand von der Crew vergessen haben könnte – und vergisst dann aber die aus Draht gebogenen Blumen, weil er einfach glaubt, dass die zum geschmacklosen Backstage-Interieur gehören. Was nie vergessen wird, ist übrigens Alkohol. Der findet sogar beim schlampigsten Crew-Mitglied pflichtbewusst in den Bus.

Zurück in den Club zwischen der 7th und der 8th Mile in Detroit, bzw. genauer gesagt in den Backstage-Raum, wo ich vorhin als Katze aufwachte. Was diesen Backstage-Bereich von allen anderen unterschied, in denen ich im Laufe der

Zeit gewesen bin, war Folgendes: Darin hatte jemand gewohnt. Ein Typ hatte da einfach gelebt. Keine Ahnung, ob er von irgendeiner Band vergessen worden war und dortgeblieben ist, ob er irgendwie zum Club gehörte – ich weiß es nicht.

Sein Äußeres war sehr in Mitleidenschaft gezogen. Hab und Gut waren nur spärlich vorhanden, aber er hatte sein eigenes Sofa und war auch sehr erpicht darauf, dass auf dem sonst niemand sitzen durfte. Eh klar, ich würde auch nicht wollen, dass sich wildfremde Menschen dauernd auf mein Bett setzen. Beim Trinken war er ein ganz Großer, und ich bin mir auch sicher, dass er keine einzige Party mit einer Band, die in diesem Club zu Gast war, ausließ. Zumindest sah er so aus. Ist ja auch relativ praktisch, wenn die Aftershow-Party quasi direkt in deinem Schlafzimmer stattfindet. Täglich. Oder anders ausgedrückt: Du hast dann ohnehin keine Wahl. Du musst mitmachen, denn schlafen kann man zwischen einer grölenden Horde auch kaum. Dafür war der Weg in sein Bett relativ kurz.

Als wir dann spätnachts Detroit direkt verlassen wollen, laufe ich noch mal zurück in den Club für die Deppenrunde, und um mich von dem netten Backstage-Mann zu verabschieden. „*High Five*“ rufe ich ihm zu, hebe die Hand, und auch er lallt „*High Five*“ – allerdings hat seine Hand nur drei Finger. Zusammengezählt klatschen also acht Finger ab, hier nach unserem Konzert in der Nähe der 8th Mile in Detroit.

Hier seht Ihr einen Mafioso, der seinen eigenen Bentley anpinkelt. Zum Glück hab ich geistesgegenwärtig ein Foto davon geschossen, sonst hätt mir die Gschicht niemals wer geglaubt.

„You can sleep at my apartment, it's really nice and there is enough space."
His apartment:

Hier ein Foto des Leguans, der dann die Nacht mit mir verbracht hat. Scheinbar hat irgendjemand vergessen, die Käfigtür zu schließen, und das Vieh hatte nichts Besseres zu tun, als zu mir ins Bett zu klettern.

Auch nüchtern betrachtet ist die Idee mit den chinesischen Schriftzeichen als Tattoo immer noch eine gute.

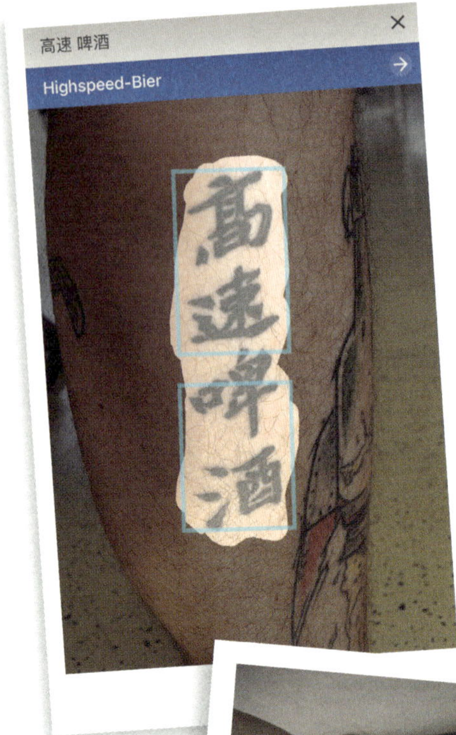

Hier der Beweis: „Highspeed Beer"

Auf dem Weg zu den ersten Auslands-Konzerten. Wenn ich gewusst hätte, dass ich mal mit einem Leguan im Bett schlafen muss, hätt ich an dieser Stelle umgedreht.

In dieser Sekunde noch hämisch, hatte ich in der nächsten Sekunde eine Ladung Mehl im Gesicht. Doch davon gibt's kein Foto.

Noch lacht Bundeskanzler Kern, bei den Schlagzeilen am nächsten Tag ist es ihm wohl vergangen.

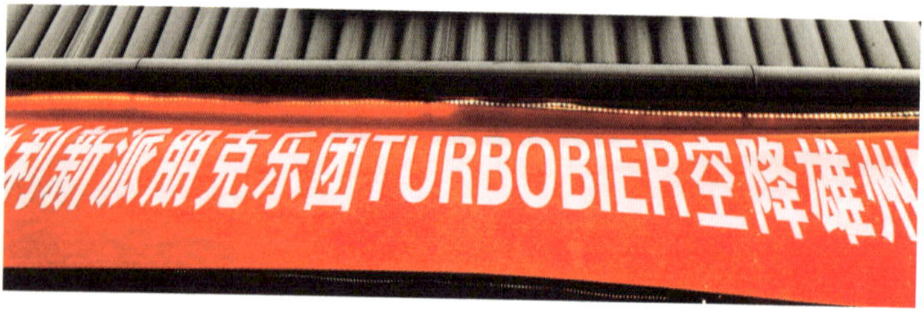

Ein nettes Begrüßungs-Plakat von netten Mafiosi

In ungefähr dieser Haltung ist Stunden später mein Kollege durch die Kastentür im Hotelzimmer gedonnert.

Symbolfoto Russland-Tour

Der Mann auf diesem Foto ist anerkannter Spitzenpolitiker.
Daneben steht Werner Faymann.

Selbst ein medizinischer Laie kann erkennen, dass die Kniescheibe da nicht hingehört.

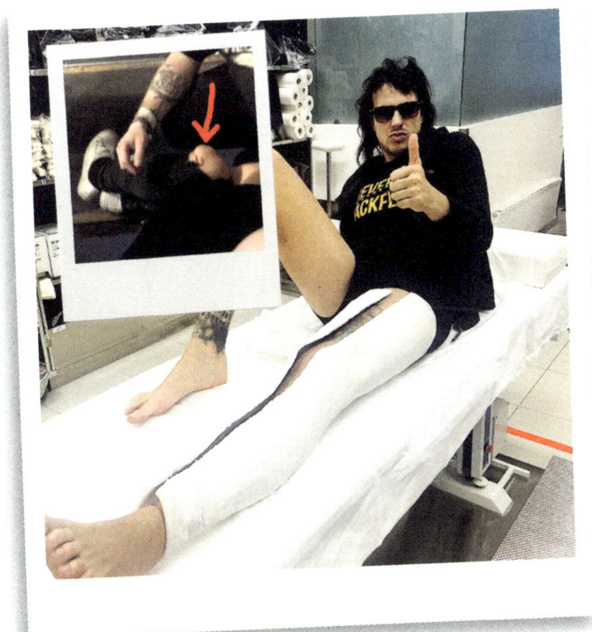

Sichtlich erfreut ob seines Geschenkes war er, der Herr Bürgermeister. Anschließend gönnten wir uns einen Spritzwein. Also er. Ich trankt standesgemäß Bier.

A weißes Haus,
des braucht ka Sau,
i bleib in mei'm
Gemeindebau.

Ich pack's bis heute nicht, dass ich vorm Sprung ins Publikum scheinbar noch in einen Kaugummi gestiegen bin.

Mein Munitionsgürtel und ich auf Reisen

Es passiert wirklich: In Peking is ein Radl umgefallen.

Das Foto zum Startschuss meiner politischen Laufbahn. Danach ging's steil bergab. Also an diesem Tag. Denn auch diese erste Maß Bier beim Shooting war nur der Anfang.

Ich liebe es, wenn ein Plan funktioniert. Hier eine obligate Wahlkampf-Rede im Rahmen eines Konzerts (oder umgekehrt, wer weiß das schon so genau).

Bei der Pflege russischer Traditionen ...

... sollte man natürlich auch ausschaun wie ein Russe.

Letztes THE GOGETS-Konzert 2015 in Bonn. Seither nur mit Sonnenbrille

In Japan habe ich eine kurze Ausbildung zum Samurai gemacht. Ok, es war ein 1-Tages-Kurs, aber für Simmering reicht es.

Nachdem uns der kambodschanische Nachtbus beinahe in den Tod gerissen hatte, erblickten wir die Bar. Noch nicht die Kekse …

Geheim geschossenes Foto aus dem Gefängnis.
Wurde mir zugespielt.

„Früh übt sich", heißt es so oft.
Ich hab nie geübt.

How to destroy a Hotelzimmer

How to destroy a Hotelzimmer

Das Tourleben ist mit sehr vielen Mythen behaftet. Einiges davon ist unter Umständen durchaus wahr, anderes in der heutigen Zeit dann doch nicht mehr ganz so angesagt, wie viele Menschen glauben.

Beispielsweise: Hotelzimmer zertrümmern. Was in den 70ern und 80ern des vorigen Jahrhunderts scheinbar gang und gäbe war (Achtung: Mythos!), wird wohl heute kaum noch so gelebt. Die dokumentierte Zahl der durch Musiker zertrümmerten Hotelzimmer ist in den letzten 30 Jahren drastisch gesunken. Das sollte man bei der Berufswahl berücksichtigen: Wenn man an ausgeprägter Zerstörungswut leidet, sollte man sich daher eher nicht einer Band, sondern einem Abrissunternehmen anschließen. Seitdem die 80er-Jahre des vergangenen Jahrhunderts vorbei sind, hat sich die Lage fundamental verändert. Früher gehörte es zum guten Ton, nach erfolgreich bestrittenem Konzert volltrunken (und wahrscheinlich auch aufgeputscht durch allerlei illegale Substanzen) den Fernseher oder die Minibar aus dem Fenster zu werfen.

Das mit dem Fernseher kann ich ja noch verstehen. Man sollte sowieso aufgrund absoluter Verdummungsgefahr nicht so viel in die Röhre schauen. Und ja, damals waren es sogar noch die hoteleigenen Röhrenfernseher. Heutzutage müsste ich meinen persönlichen Laptop aus dem Fenster bugsieren, wenn ich mein TV-Gerät rausschmeiße. Wäre keine gute Entscheidung.

Noch undenkbarer ist für mich nur das mutwillige Zerstören von Kühlgeräten – wie etwa der Minibar. Eine ziemlich dämliche Idee, weiß doch jeder, dass die Minibar die allerletzte Anlaufstelle für überbordenden Alkoholkonsum darstellt, wenn gegen 4 Uhr früh zwar der Durst noch groß ist, sich die Beschaffung von alkoholischem Nachschub jedoch zu einem veritablen Problem auswächst. Das hängt natürlich auch davon ab, wo man sich gerade aufhält – ist es in Berlin beispielsweise zu keiner Zeit ein Problem, an Drinks zu kommen, schaut die Sache in Schweden oder in der inneren Mongolei schon ganz anders aus. Generell sind in der inneren Mongolei viele Dinge anders.

Zurück zum Thema: Hotelzimmer zu zerlegen ist also schon lange aus der Mode gekommen. Und auch das Aus-dem-Fenster-Werfen von Fernsehern ist seit der Flachbildschirm-Ära relativ unspektakulär. Bei alten Röhrenfernsehern war wenigstens noch ordentlich was los, wenn die auf dem Parkplatz zerborsten sind, das Gehäuse in alle Einzelteile zersplitterte, die Knöpfe durch die Gegend flogen und die Bildröhre implodierte. Da gab es einen ordentlichen Knall, und man hatte die volle Aufmerksamkeit. Ich durfte einige Male bei Videodrehs alte Fernseher zerdeppern, und ich kann Euch sagen, dass es da schon ziemlich zur Sache geht. Jetzt habe ich zwar noch keinen Flatscreen-Smart-TV aus dem Fenster geworfen, kann mir aber nicht vorstellen, dass es wahnsinnig aufregend ist. Ich werde das aber bei nächster Gelegenheit nachholen und im nächsten Buch davon berichten.

Ein Hotelzimmer hingegen hab ich schon erfolgreich zertrümmert – allerdings total unabsichtlich, und es hat mir auch wirklich leidgetan. Die Dame vom Hotel hatte mich nämlich schon beim Einchecken extra gebeten, das Hotelzimmer nicht zu zerstören. Schon bei meiner Ankunft an der Rezeption hatte sie es sicher fünf Mal betont und nach Aushändigung der Zimmerkarten nochmals explizit darauf hingewiesen. Denn erst in der Vorwoche sei eine Band zu Gast gewesen, und diese Band hätte eben ein Hotelzimmer verwüstet. Das dürfte einen bleibenden Eindruck bei der Rezeptionistin hinterlassen haben, sie war noch sichtlich traumatisiert. Mein erster Gedanke war „Heast bitte, wer zerlegt heutzutage noch ein Hotelzimmer?“, und ich habe ihr zugesichert, dass wir alle total vernünftig seien und sie nichts befürchten müsse. Und so einschüchternd schau ich jetzt definitiv auch nicht aus, dass man mir zutrauen würde, permanent Dinge zu zerstören.

Als wir uns aber gute zehn Stunden später den Weg vom Club zurück ins Hotel kämpften und mit deutlicher Schieflage ebendort ankamen – ja, was soll ich sagen? Da fliegt auch gleich beim Betreten des Hotelzimmers mein Kollege quasi direkt durch die Zimmertür weiter Richtung Kasten und dann durch bzw. mitsamt der Kastentüre in den Kasten hinein.

Na super, vorher noch der netten Dame erklärt, dass nix kaputtgehen wird, und dann gleich mal den Kasten zerlegt. Es war jetzt nicht die stabilste Ausführung, und dadurch zum Glück auch nicht die teuerste, wie ich später bei der Abrechnung feststellen konnte (ich als Heimwerker-König erkannte natürlich auch sofort das Modell, erhältlich bei einer großen schwedischen Möbelkette), aber selbst der massivste Kasten der Welt hätte dem Aufprall meines Kumpanen wohl nicht standgehalten. Als er dann wieder aus dem Kasten raus zurücktorkelt, will ich ihn auffangen, bevor er durch die nächste Tür fliegt. Zack, landet eine Vase auf dem Boden. Selbst wenn nur noch Scherben übrig waren, konnte man erkennen, dass es sich um ein unpackbar hässliches Teil gehandelt hatte, und es darum sicher nicht schade war. Aber jede einzelne Scherbe würde das Trauma der Rezeptionistin verstärken.

Zum Aufräumen nicht mehr imstande, absolvierten wir erst mal unseren dringend notwendigen Schönheitsschlaf. Am nächsten Morgen stand dann mein Tourmanager ungeduldig im Zimmer (siehe Kapitel Tourmanager, seine Aufgaben werden dort geschildert) und machte uns Stress. Wir müssen ja dringend weiterfahren, das nächste Konzert steht an, und er mache ja auch nur seinen Job und kümmere sich darum, dass wir nicht zu spät loskommen, bla bla. Ich wollte ihm aber vor Aufbruch noch unbedingt die unterhaltsame Anekdote von gestern Nacht erzählen, als mein Kollege durch den Kasten geflogen und dann die Blumenvase zu Bruch gegangen war. Während ich das so schildere, rudere ich wild mit den Armen und ramponiere den Glasluster an der Decke. Kaum mit der Hand angekommen, kracht das Teil zu Boden. Um den Luster war es sogar wirklich schade, als er da in tausend Teilen auf dem Boden lag, im Gegensatz zur Vase war es ein schönes Exemplar (als Heimwerker-König erkannte ich aber sofort, dass der Luster richtig schlecht montiert war).

Exkurs: „Friendly fire"

Generell kann man auch anmerken, dass oft gar nicht die Band so schuld ist an zerstörten Hotelzimmern. Durchaus auch Tourgäste, die mal ein paar Tage mit sind und scheinbar das gesamte Rock'n'Roll-Leben in diesen paar Nächten auskosten müssen. Samt all seinen Klischees.

Einmal war ein anderer Freund von mir der Meinung, dass es eine grandiose Idee sei, mit einem Feuerlöscher die schnöde Hotelzimmer-Party etwas in Schwung zu bringen. Also eigentlich lag die Sache mit dem Feuerlöscher nur als eine Art Drohung in der Luft, als letzte Möglichkeit, die Party in Gang zu bekommen. Aber der Gute hantierte schlussendlich so lange am Verschluss herum, bis er den Feuerlöscher tatsächlich auslöste. Volltrunken, mit dem Verantwortungsbewusstsein eines Volksschülers, legte er sich dann einfach schnell schlafen. Scheinbar davon ausgehend, dass sich dann das Problem von alleine lösen würde. Hat es natürlich nicht, denn so ein Feuerlöscher ist ja nicht mit Wasser, sondern mit einem Löschpulver oder Ähnlichem gefüllt, und dieses Pulver verteilt sich optimal bis in die kleinste Ritze (ähnlich wie Mehl, das man ins Gesicht geschleudert bekommt). Wie wir dann relativ rasch herausgefunden haben, verlangt das Hotel pro verwüstetem Feuerlöscher-Zimmer stolze 500 Euro Reinigungsgebühr. Geld kann man echt besser investieren.

Der Tourmanager

Der Tourmanager

Bereits einige Male zuvor in diesem Buch fiel mit einer Selbstverständlichkeit der Begriff des Tourmanagers, aber es wurde noch gar nicht genau erklärt, was ein Tourmanager eigentlich so macht. Die offizielle Erklärung ist wohl, dass er im Rahmen einer Tournee für den geordneten organisatorischen Ablauf verantwortlich ist und als Bindeglied zwischen Band und Crew fungiert. Er erstellt im Vorfeld die Pläne, rechnet durch, ob alles zeitlich zu schaffen ist, räumt Probleme und Unklarheiten aus dem Weg, bucht Hotels, klärt Parksituationen oder checkt, ob am Tag des Konzerts irgendwelche Interviews oder sonstige Termine anstehen. Darüber hinaus ist er auch Ansprechpartner für sämtliche Problemfälle, Psychologe, Kinderbetreuer, Krankenschwester, Setlist[1]-Betreuer (zumindest in meinem Fall) oder auch Hüter des Geldes, um nur ein paar weitere Aufgaben zu nennen. Und ganz wichtig: Er vergewissert sich, dass alles, was mit dem Veranstalter vorab vertraglich vereinbart worden ist, dann vor Ort auch erfüllt wird. Von Großigkeiten, wie ob eine Bühne samt PA-Anlage vorhanden ist, bis zu Kleinigkeiten, ob es für Crew und Band genug Essen gibt. Denn so eine Kleinigkeit wie Essen kann sich zu einer massiven Großigkeit auswachsen, wenn man bei einer Location irgendwo im Nirgendwo ankommt und es nichts zu futtern gibt. Da werde ich persönlich auch eher zum Grantscherben[2], wenn das nicht klappt. Noch viel schlimmer ist aber, wenn kein Bier kaltgestellt worden ist. Dann kann auch der größte Pazifist wie ich mal komplett die Fassung verlieren. Ich verstehe auch nicht, wie professionelle Veranstalter es immer wieder schaffen, das Bier erst vor unseren Augen in den Kühlschrank einzuräumen. Und sich dann aber auch noch lobende Worte verdienen wollen, weil TURBOBIER kommt und sie eh gerade Bier einräumen. Amateur. Das sollte schon seit Stunden kaltgestellt sein. Das muss doch das Erste sein, was ich in der Früh nach dem Betreten der Halle mache: Bier einkühlen. Dann kommt der Rest.

Doch das Hauptbetätigungsfeld eines Tourmanagers ist Stressmanagement in seinen unterschiedlichsten Facetten:

A) Dem Musiker Stress machen.
(Heast, zah an, wir sind viel zu spät dran!)
B) Dem Veranstalter Stress machen.
(Das HAT zu funktionieren, sonst hamma a Problem!)
C) Der Crew Stress machen.
(Gemma, faul sein kennt's daham!)
D) Manchmal auch Gästen Stress machen.
(Kannst du da bitte weggehen?)
E) Generellen Stress auslösen.
(WIR MÜSSEN LOS!!)
F) Stress abbauen.
(Das geht sich alles aus!) – Dieser Fall kommt aber eher selten vor.

Wie man hier bereits erkennen kann, ist der Beruf des Tourmanagers prinzipiell also eher stressbehaftet. Die Arbeitsbedingungen eines Tourmanagers oder auch einer Tourmanagerin werden durch die Unfähigkeit der anderen Akteure im Wanderzirkus einer tourenden Band oftmals deutlich erschwert. Denn die meisten im Tourbus sitzenden Menschen geben beim Einsteigen ihr Gehirn samt Denkfähigkeit vertrauensvoll beim Tourmanager ab und denken die kommenden Wochen nicht ansatzweise daran, eigenständig zu handeln oder Entscheidungen zu treffen.

Jeder Tourmanager wird unzählige Male pro Tag mit den immer gleichen Fragen gelöchert: „Wann spielen wir?", „Wann gibt's Essen?", „Wann muss ich morgen aufstehen?",

„Hast du ein Ladekabel?", sogar: „Wo ist der Kühlschrank?" und ja – auch das kommt vor: „Wo ist das Klo?" Fragen, die hiervon abweichen, sind sehr selten. Umso dicker muss das Fell eines Tourmanagers sein, um tagein, tagaus die immer gleichen Fragen zu beantworten und dabei nicht Amok zu laufen.

Der Tourmanager muss auch immer wieder mit massiven Verzögerungen umzugehen wissen, falls es doch wieder mal jemand nicht aus dem Zimmer schafft, weil der Alkoholkonsum am Vorabend überbordend war. Oder es ein Bandmitglied erst gar nicht ins Hotelzimmer geschafft hat, weil irgendein anderer Übernachtungsort sich zu fortgeschrittener Stunde als ansprechendere Alternative präsentiert hatte. Meistens kristallisiert sich der neu gewählte Übernachtungsort bei sich einstellender Nüchternheit am nächsten Morgen als gar nicht so ansprechend heraus. Meist ist er sogar ein ziemlicher Abstieg im Vergleich zum netten, geheizten Hotelzimmer, wo auch wirklich ein Bett pro Person eingeplant war. Außerdem verpasst man durch Auswärtsschlafen immer das Frühstück, weil man ja von ganz woanders abgeholt werden muss. Somit gibt es für den betreffenden Auswärtsschläfer dann auch erst wieder im nächsten Club etwas zu essen – sofern sich der Tourmanager darum gekümmert hat, dass der Veranstalter das vertraglich vereinbarte Catering aufgestellt hat. Wie ich bereits eingangs geschildert habe, sonst wird jemand relativ rasch relativ sauer. Wie Ihr seht – es ist ein Teufelskreis.

Bei TURBOBIER hat sich über die Jahre ein eindeutiger Signalruf im Kreise unserer Tourmanager etabliert, um allen Band- und Crewmitgliedern auf einen Schlag die nahende Abreise anzukündigen. Der Tourmanager, oder manchmal auch ein von ihm mit direkter Weisungskompetenz ausgestattete/r Ersatzmann/frau, betritt den Backstage-Raum (zumeist spielt sich dort alles Spannende ab) und schreit voller Inbrunst „Reisegruppe Alkohol!". Mehr braucht es nicht. Hiermit wird die baldige Abfahrt angekündigt, und alle, die im Tourbus sitzen sollten, haben zum selbigen aufzubrechen. Mit dazu passender Mimik wird einem auch visuell das drohende Übel vermittelt, falls man den Aufforderungen des Tourmanagers nicht Folge leistet. Sprich: man weiter den aromatischen Getränken frönen möchte, anstatt sein Zeug zu packen. Der abrupte Ruf bewirkt auch, dass so manch andere Personen, die gerade im Backstage verweilen, ziemlich unvermittelt sitzen gelassen werden, weil wir tumultartig die Location verlassen.

Das kann man sich vorstellen wie im Tierreich – in dem Moment, wenn der Leit-Elefant seinen Laut raustrompetet, weiß der Rest der Herde, was zu tun ist. Und weil bis auf den Leit-Elefanten die meisten nach der Show durchaus in das eine oder andere Glas geschaut haben, hat es immer was von Elefantenkarawane, wenn dann einer nach dem anderen aus der Halle torkelt. So weit, dass wir uns gegenseitig am Rüssel fassen müssen, ist es aber meist noch nicht. Meist.

Jetzt kann es aus Gründen natürlich auch mal vorkommen, dass sich ein Elefantenjunges den Rufen des Leittieres widersetzt und sich von der Herde löst. Warum man sich in der Nacht spontan entscheidet, NICHT im gebuchten Hotelzimmer zu übernachten, kann mehrere Gründe haben:

Balzverhalten – das Kennenlernen paarungswilliger Individuen (Hauptgrund);
Stillung systemrelevanter Triebe – also irgendwo lockt eine hoffentlich ausufernde Party; in diesem Fall wird der Schlaf meist komplett übersprungen, und man steigt direkt wieder in den Bus, dementsprechend schlimm ist dann der Folgetag;

weitere unnötige Tätigkeiten – wie z. B. tätowieren gehen (siehe folgender Absatz).

Im Falle der Abspaltung eines Jungtieres von der Herde muss man nur penibel darauf achten, dass man am nächsten Tag auch alle wieder einsammelt, um so die Herde zusammenzuführen. So ein Tourtross darf nicht zerfallen oder ins Stocken geraten, denn auch das Konzert am Folgetag will absolviert werden. Dies fällt auch eindeutig in den Kompetenzbereich eines Tourmanagers, und er würde seine *Job Description* nur bedingt erfüllen, wenn einzelne Leute während einer Tour verloren gingen (was nicht bedeutet, dass das nicht schon vorgekommen ist). Besonders schwierig wird die Situation, wenn sich der Tourmanager von der allgemeinen Partylaune mitreißen lässt und sich selbst der ausufernden Eskalation hingibt. So kann es durchaus passieren, dass die gesamte Reisegruppe direkt von der Party morgens in den Tourbus steigt, ohne überhaupt je im Hotel gewesen zu sein. *Been there, done that.*

Mir ist es einmal passiert, dass ich den Ordnungsruf „Reisegruppe Alkohol" gekonnt ignoriert habe, um mich noch auf eine weitere spätnächtliche Festivität zu begeben. Und es gibt einen triftigen, gar tintigen Grund, warum ich mich bis heute daran erinnern kann. In dem Keller, in dem dann weitergefeiert wurde, gab es tatsächlich eine Tätowiermaschine zur freien Benutzung. Ich dachte immer, dass es dieses Partyklischee nur im Film gibt, wachte am nächsten Tag aber mit schmerzendem Knöchel auf. An den Vorgang des Tätowierens konnte ich mich nur sehr dunkel erinnern, und auch der erste Blick aufs Motiv brachte eine ziemliche Überraschung. Eine Sonnenblume, eine ziemlich missratene Sonnenblume zierte die folgenden Jahre mein Bein und ließ mich immer wieder an den schönen Abend in Dresden denken.

1

Setlist, die: Vor dem Musiker liegt während eines Konzerts für gewöhnlich eine Setlist. Darauf stehen die Songs des jeweiligen Konzerts in der richtigen Reihenfolge, damit jeder in der Band weiß, welches Lied wann zu spielen ist. Jetzt kann es im allgemeinen Chaos jedoch vorkommen, dass innerhalb einer Band während eines Konzerts mehrere Setlisten kursieren. Meist weil irgendjemand eine alte Setlist aus einem Gitarrenkoffer herausgekramt hat, die nun unabsichtlich ihren Weg auf die Bühne gefunden hat. Da herrscht dann während des Konzerts schon mal große Verwirrung – insbesondere, wenn man sich das Ablesen durch sehr dunkle Sonnenbrillen noch zusätzlich erschwert. Weil dann ist sich plötzlich keiner mehr so richtig sicher, welcher Song jetzt drankommt oder ob man sich selbst gerade verschaut hat. Deswegen: wieder ein Job für den Tourmanager.

Böse Zungen würden jetzt behaupten, dass sich die Setlisten ja eh nie ändern, und dass man die nach zig Konzerten in der gleichen Reihenfolge ohnehin auswendig können muss. Die Antwort ist: nein.

2

Grantscherben, der: ein missmutiger, schlecht gelaunter Mensch. Grantscherben geht man am besten aus dem Weg, bis sich die Möglichkeit bietet, ihre Laune durch die Zufuhr von Bier zu heben.

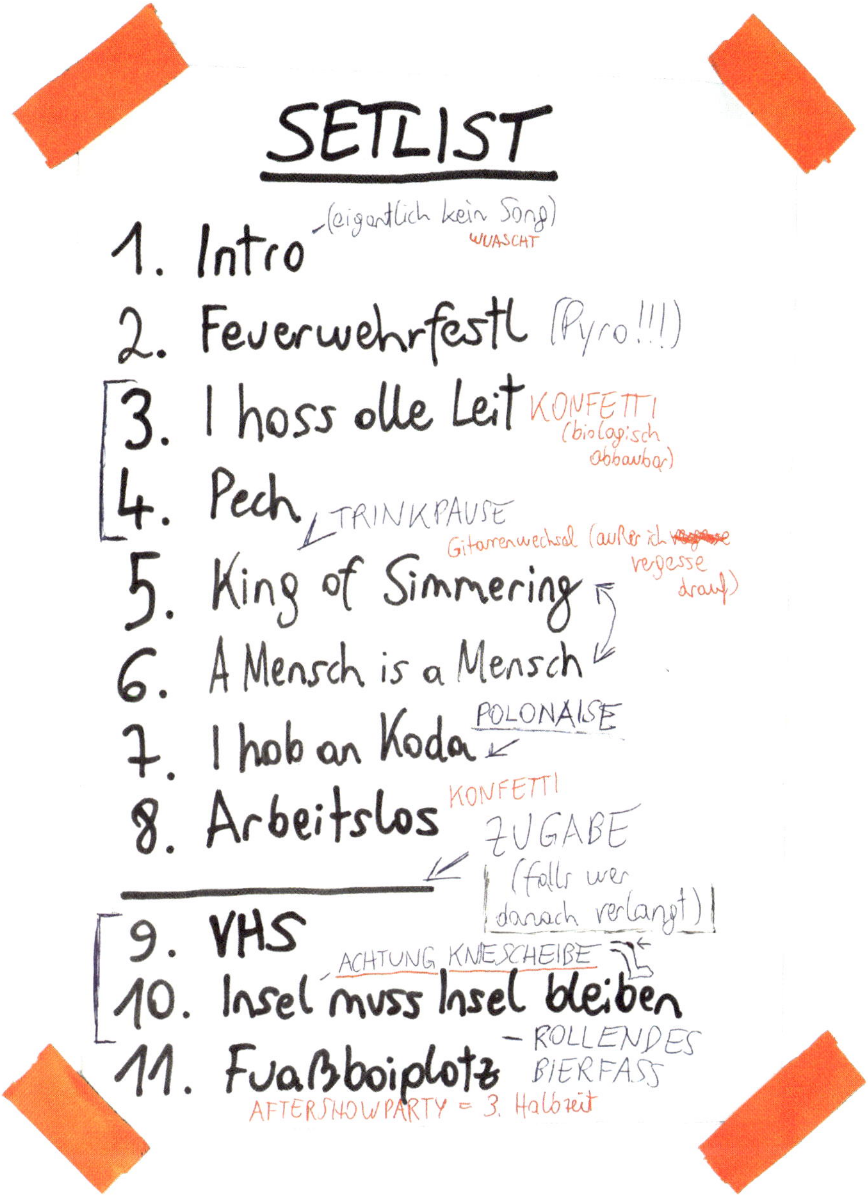
SETLIST
1. Intro
(eigentlich kein Song)
WUASCHT
2. Feuerwehrfestl
(Pyro!!!)
3. I hoss olle Leit
KONFETTI (biologisch abbaubar)
4. Pech
TRINKPAUSE
Gitarrenwechsel (außer ich vergesse drauf)
5. King of Simmering
6. A Mensch is a Mensch
7. I hob an Koda
POLONAISE
8. Arbeitslos
KONFETTI
ZUGABE (falls wer danach verlangt)
9. VHS
ACHTUNG KNIESCHEIBE
10. Insel muss Insel bleiben
11. Fuaßboiplotz
ROLLENDES BIERFASS
AFTERSHOWPARTY = 3. Halbzeit

Schmerzen

Schmerzen

Ich muss auf Holz klopfen: Ich hatte eigentlich verletzungstechnisch in meinem Leben bis dato ziemliches Glück.

Einmal habe ich mir den Zeh gebrochen, als ich gegen ein Bierfass gelaufen bin. Bei mir zu Hause. Es war mein eigenes Bierfass. Ja, ich habe ein eigenes Bierfass zu Hause, Ihr etwa nicht? Eine Zeitlang hat es mich überallhin begleitet. Wir haben bei den Konzerten das mit frischem Bier gefüllte Teil auf die Bühne gerollt, mehrere mit Bohrmaschinen betriebene Pumpen angeschlossen und den Gerstensaft mit hohem Druck durch meterlange Gartenschläuche an die Menschen in den ersten Reihen verteilt und verspritzt. Das war ein Spektakel! Die Konsequenz davon war, dass alles immer fürchterlich verklebt war: das Fass mitsamt den Schläuchen, die Menschen, die Instrumente – einfach alles. Daher war es notwendig, es von Zeit zu Zeit zu putzen (also nur das Fass, die restlichen Dinge säubern sich mit der Zeit von selbst).

An besagtem Tag war ich in Eile, denn ich musste zu einem Festival. Natürlich mit meinem Bierfass, um damit die Leute wieder mit Bier bespritzen zu können. Während ich das Bierfass in meiner Dusche auswusch, dachte ich mir, dass doch auch mir so eine Grundreinigung nicht schaden würde. Dass es also eine tolle Idee wäre, nicht nur das Bierfass, sondern auch gleich mich selbst abzuduschen. Gedacht, getan – doch zu zweit, also ich samt Fass, war's dann doch relativ eng in der sogenannten Nasszelle, weshalb ich meinen rundlichen Freund vor die Duschkabine hievte und in der Sekunde vergaß. Ganze zwei Minuten später, ich hatte es ja eilig, rauschte ich aus der Dusche und brach mir am vergessenen Bierfass den Zeh. Wäre ein lustiger Unfallbericht geworden, aber für Krankenhaus war keine Zeit. Ich musste das folgende Festival mit gebrochenem Zeh bestreiten, was aber nicht so schlimm war – Hauptsache das Bierfass war sauber.

Die zweite, ernsthaftere Verletzung ist mir direkt auf der Bühne passiert. Ich war bei einem Song gerade ohne Gitarre unterwegs, somit etwas schwungvoller. Irgendwann wollte ich mich zum Schlagzeuger drehen, rutschte dabei aus, und meine Kniescheibe verließ ihren anatomisch vorgesehenen Platz und positionierte sich links am Bein. Es dürfte allgemein bekannt sein, dass eine Kniescheibe da nicht hingehört, und vielleicht war deswegen bei allen Beteiligten die Aufregung so groß, denn man konnte die dislozierte Kniescheibe aufgrund meiner zerrissenen Jean wunderbar erkennen. Da der Saal um einiges voller war als ich, erlebte ich den Unfallhergang bei vollem Bewusstsein (das hätte auch anders sein können, es war immerhin der vorletzte Song des Abends). An Aufstehen war natürlich nicht mehr zu denken, und so lag ich da wie ein angeschlagener Marienkäfer. Mein Tourmanager erweiterte sogleich sein Aufgabenfeld um noch eine wichtige Tätigkeit: verletzten Sänger auf der Bühne mit Bierpartei-Fahne vor neugierigen Blicken und vor allem Video schützen. Es hat halt auch wirklich nicht sonderlich elegant ausgesehen, wie ich da mit ausgerenkter Kniescheibe gelegen bin.

Doch wechseln wir kurz von meinen eigenen Verletzungen zu den Verletzungen anderer:

Als nicht ungefährlich muss übrigens auch der übermäßige Verzehr von Weintrauben eingestuft werden. In vergorener, flüssiger Form kann – je nach persönlicher Routine – selbst in hoher Dosierung relativ wenig passieren. Da muss man schon amateurhaft stümpern oder sich in jahrelanger Praxis massiv überschätzen, dass was schiefgeht. Wenn man aber frische Weintrauben in übermäßiger Menge verzehrt, kann es gefährlich werden. Ja, wirklich – ich hab's gesehen.

Ich kann mich an eine Patientin erinnern, die derart viele Weintrauben gegessen hat, dass ihr die Trauben, wie man so schön sagt, „den Magen verklebt haben". Denn wenn man vier Kilogramm Weintrauben isst, dann schafft der Darm den Weitertransport der Trauben nicht mehr. Sie bleiben einfach stecken. Die nette Dame dachte, es sei gesund, so viele Weintrauben zu essen. Letzten Endes haben wir ihr dann in einer mehrstündigen Notoperation den Darm zentimeterweise aufgeschnitten und von diesem Weintrauben-Gatsch[1] befreit. Natürlich waren die Trauben, als wir sie durch den gesamten Darm gepresst haben, noch sehr gut zu erkennen, samt Hülle und Kernen. Seither kann ich keine Weintrauben mehr essen. Trinken geht.

Man muss einfach aufpassen. Es kann relativ rasch passieren, dass man in eine durchaus unangenehme Situation gerät. Besonders junge Menschen in der frühadoleszenten Experimentierphase sind oft neugierig und neigen dazu, unüberlegte Dinge zu tun. Oder einfach ihren Trieben zu folgen. Ich kann mich an einen jungen Burschen erinnern, der mit dem Vibrator seiner Mutter experimentiert und schlussendlich die Kontrolle über seine Versuchsreihe verloren hat. Der menschliche Schließmuskel ist da ja gnadenlos. Als seine Mutter dann nach Hause kam, fand sie den Jungen relativ hilflos vor und fuhr mit ihm in die Notaufnahme. So kam der Arme mit seiner Mutter als Begleitung und vibrierendem Sexspielzeug im Unterleib zu uns. Natürlich kommt man dann ohne Zange nicht mehr an das Utensil ran – auch nicht an den Ausschaltknopf. Bestimmt ein einschneidendes und aufrüttelndes Erlebnis für einen Pubertierenden.

Aber selbst wenn die Pubertät sich dem Ende zuneigt und die Menschen älter werden (und damit auch vermeintlich vernünftiger), ist es mit den fragwürdigen Entscheidungen noch lange nicht vorbei.

Ich kann mich noch gut an das junge Pärchen erinnern, das einmal im Nachtdienst in der Unfallambulanz erschienen ist. Es war tatsächlich eine Art Erscheinung, denn ihr Kommen hat sich durch die alkoholbedingten Ausdünstungen, die sie voranschickten, bereits beim Portier angekündigt. Den Unfallhergang haben sie mir dann wie folgt erklärt: Beim gemeinsamen Konsolen-Spielen haben sich die beiden derart geärgert, dass beide gegen die Wand geboxt und sich beide jeweils eine Hand gebrochen haben. Ihre größte Sorge während dem Einrenken und Eingipsen war aber, wie sie sich nun weiter gegenseitig, aber auch selbst befriedigen könnten, da sich beide die dominante Hand gebrochen hatten (ist doch logisch, das ist ja auch die Hand, mit der man eher zuschlägt).

Wenn man Berufserfahrung im Krankenhaus (vor allem im unfallchirurgischen Bereich) hat, lernt man auch potenzielle Verletzungen ziemlich gut zu antizipieren. Ich habe meist schon eine Vision vom Unfallhergang vor meinem geistigen Auge, bevor etwas passiert. Balanciert jemand auf einem Geländer oder schneidet wer mit dem Messer Richtung Handinnenfläche eine Semmel auf, dann sehe ich schon fast den Krankenwagen um die Ecke biegen.

Ich kann mich auch noch sehr gut an den jungen Mann bei einem Konzert in Kärnten erinnern. Er hat bis zum dritten Song des Abends ganz normal im Publikum mitgefeiert, doch dann bahnte er sich irgendwie den Weg auf die Bühne, umarmte mich von hinten, um gemeinsam mit mir ins Mikrofon zu singen. Bis dahin war noch alles okay, doch dann entdeckte er die Bühnenpodeste rechts und links am Bühnenrand. Als er auf die Teile kletterte, ging vor meinem inneren Auge schon der Film los, wie er von den Podesten springt und niemand ihn auffängt. Genau so ist es dann auch passiert. Alle wichen zur Seite, während er in hohem Bogen von der Bühnenerhöhung aus ins Publikum sprang.

Kopf voran. Besonders grotesk war die Szene, weil das Publikum schon frühzeitig auswich und ihm so quasi einen Korridor für seinen Stunt freimachte. Zum Glück brach er sich nur die Nase, was allerdings beim ersten blutüberströmten Anblick definitiv noch nicht klar war. Das hätte auch viel schlimmer ausgehen können. Als ich zu ihm hinstartete, um ihm zu helfen, meinte er bloß: „Bring ma a Tschick und spü weida." Es heißt nicht umsonst so schön: Das Glück ist mit den Betrunkenen.

1

Gatsch, der: weiche, breiige Masse. Anwendbar für Erde, Matsch, aber auch für Speisen bzw. Weintrauben. Oftmals auch als Aufforderung, „sich zu schleichen" – „Hupf in Gatsch!"

Unter der Gürtellinie

Unter der Gürtellinie

„…, *Sir, we need you to proceed to Gate 48 immediately*“, ruft eine weibliche Stimme mit aufkommender Panik durch die Boxen des Flughafens in Tokio. Leider habe ich den ersten Teil der Ansage nicht genau verstanden. Aber mich beschleicht so ein Gefühl, dass es mein Name war, der da durch die Abflughalle dröhnte. Es klang so, als gäbe es an meinem Gate ein Problem, und irgendwie weiß ich sofort, dass es meinen Namen trägt. Ich stehe also auf und nähere mich, gemütlich schlendernd, Gate 48. Als ich dort ankomme, stehen bereits die Flughafen-Polizei, das Bomben-Entschärfungsteam und Security-Leute der Airline zusammen. In der Mitte des Kreises, den die Sicherheitsbeamten gebildet haben, kniet ein Mann. Neben ihm steht ein großer Koffer, aufgeklappt, mit allerlei fein säuberlich sortierten Utensilien und Werkzeugen drin. Als er sich gerade Spezialhandschuhe anzieht, checke ich, was hier los ist, und grätsche mit „*No worries, that's just a belt*“ locker-flockig in die doch etwas angespannte kleine Zusammenkunft. Die Sicherheitsleute schauen mich mit einer Mischung aus Verwunderung, Angst und Ratlosigkeit an.

„*This your bag?*“
„*Yes, this is my bag.*“
„*What inside?*“
„*Puh, a lot of things, not sure what you mean.*“
„*There is ammunition in your bag.*“
„*That's just a belt.*“
„*No, that ammunition.*“
„*Yes, looks like ammunition, but isn't.*“
„*Why you bring ammunition to airplane?*“
„*This is no ammunition. Let me show you.*“

Ich nähere mich mit einem beherzten Schritt meiner Tasche, die Sicherheitsleute schrecken zurück. Ich versichere ihnen pantomimisch, dass sie unbesorgt sein sollen, und schnappe meine Tasche. Nach kurzer Suche hole ich mit festem Griff und etwas zu viel Tempo meinen Patronengürtel raus. Wie auf Kommando zucken die Japaner rundum gleichzeitig erschrocken zusammen.

„You have weapon?“
„No, why should I have a weapon?“
„Because you have ammunition!“
„No, I use it like a belt, so that I don’t lose my pants.“
„You use ammunition for not losing your pants?“

Berechtigte Frage, denk ich mir. Ich zeige ihnen auf meinem Handy ein Foto, wie ich die Patronen bei einem Konzert als Gürtel benutze, und sie sind sichtlich begeistert. Ich werde also nicht verhaftet, ganz im Gegenteil:

„You musician?“
„Yes I am.“
„Can we take picture with you?“

Nochmals zur allgemeinen Erläuterung: Statt eines normalen Gürtels trage ich oft einen Patronengurt, um meine Hose an der richtigen Stelle zu halten. Damit habe ich irgendwann einmal begonnen – jeder Musiker braucht schließlich ein Bühnenoutfit, und nachdem ich nur sehr schlecht von alten Gewohnheiten Abstand nehmen kann, trage ich ihn noch immer. Dieser Patronengürtel ist eines der unpraktischsten Dinge, die es auf der Welt gibt. Inzwischen habe ich mich daran gewöhnt und kann halbwegs damit umgehen. Die ersten paar Jahre, in denen ich ihn getragen habe, hatte ich aber immer eine Kombi-Zange dabei, um meine Hose ausziehen zu können. Ja, echt.

Bei sämtlichen Flugreisen oder auch anderen Sicherheitskontrollen steht man mit einem Gürtel, der aus echten Patronenhülsen besteht, zu Recht unter Generalverdacht. Wenn man dann noch beginnt, an der Hose mit einer Kombi-Zange herumzuwerken, wird es sowieso kritisch, und man muss zumindest mit hochgezogenen Augenbrauen rechnen. In China beispielsweise gibt es beim Betreten jedes öffentlichen Gebäudes eine Sicherheitskontrolle, und natürlich eine Durchleuchtung des Gepäcks. Meinen Gürtel sieht man schon mit bloßem Auge, keine Durchleuchtung notwendig. So wurde ich mehrmals täglich frühzeitig vor der Kontrolle abgefangen, und sogar mal in ein Kämmerchen gebracht, wo ich vor acht chinesischen Polizisten die Hose runterlassen musste.

Eine weitere alte Gewohnheit ist das Tragen meiner Sonnenbrille. Ich habe irgendwann angefangen, sie permanent zu tragen, und seither fällt es mir schwer, sie wieder abzunehmen. Sie ist mir quasi ans Gesicht angewachsen. Der Vorteil liegt auf der Hand: Selbst ziemlich betrunken wirkt man mit Sonnenbrille noch relativ fit. Und man muss anmerken – die Sonnenbrille war vor dem Bühnenoutfit da. Denn bei einem Konzert ist so eine Sonnenbrille etwas vom Unpraktischsten auf der Welt. Man sieht halt damit wirklich sehr schlecht, wenn es im Raum eh schon dunkel ist. Aus diesem Grund habe ich auch meine Gitarre mit fluoreszierenden Klebebändern zugekleistert, weil ich sonst nicht einmal ansatzweise erahnen kann, wo ich hingreifen soll. Jetzt könnte man einwerfen, dass ein guter Gitarrist wohl blind die richtigen Bünde greifen können sollte. Man könnte weiters behaupten, dass ich eben vielleicht gar kein guter Gitarrist sei. Nun, darüber will ich nicht streiten, stelle es aber trotzdem in Abrede. Doch ich bin halt auch Zeremonienmeister des Konzerts, mach die Ansagen, dirigiere das Publikum, gebe innerhalb der Band die Richtung an, trinke dabei Bier UND trage eine Sonnenbrille. Deswegen nehm ich mir das Recht heraus, meine Gitarre mit Neonbändern zuzukleben. *Sorry, not sorry.*

Wenn ich die Brille dann einmal abnehme, sind viele Menschen verwundert, dass ich tatsächlich echte Augen habe. Das höre ich oft. Wirklich oft. Auch wenn ich mich als Politiker präsentiere, trage ich die Brille, sie ist mir ja, wie gesagt, angewachsen. Da jedoch ein altes Sprichwort sagt, dass nur Blinde und Arschlöcher in geschlossenen Räumen Sonnenbrillen tragen, habe ich mir dann eine Brille mit Fensterglas machen lassen. So kann ich meine geliebte Brille weiterhin tragen, aber die Leute denken nicht, ich sei ein Arschloch. Das hilft ein bisschen.

Es gibt ja Politiker, die versuchen, mit gezielten Maßnahmen von ihrer eigenen Unfähigkeit abzulenken. Ein beliebter Kniff ist eben das Tragen von einer Brille, denn sie lässt einen Menschen in der Regel intellektueller wirken. Ich habe nichts gegen diese Regel, auch wenn sie definitiv nicht der Grund war, warum ich vor vielen Jahren damit angefangen habe.

Eine weitere Maßnahme, um wichtiger zu wirken, ist das offene Zur-Schau-Tragen von Titeln, Ausbildungen oder Abschlüssen. Deshalb verwende ich auch gerne meinen Doktortitel, wenn ich als Politiker auftrete. Es ist mir jetzt wichtig, das auch einmal offen anzusprechen – dass ich den „Dr." grundsätzlich nur verwende, um PolitikerInnen zu karikieren. Wenn ich als Politiker bei einem Fernsehinterview mit „Herr Pogo" angesprochen werde, bessere ich schon mal gerne mit „Herr Dr. Pogo, bitte" aus. Es ist mir immer wieder ein Rätsel, wie PolitikerInnen ihre Lebensläufe durch erschlichene Titel zu beschönigen versuchen. Das ist doch wie das Amen im Gebet, dass das ein findiger investigativer Journalist irgendwann einmal aufdeckt.

Also, am Ende dieses Kapitels noch ein Lebenstipp an Menschen in der Politik, falls das hier jemand von euch liest: Besser nicht machen. Der Bevölkerung ist eher wurscht, dass ihr keinen Titel habt, als wenn ihr dabei ertappt werdet, dass ihr einen erschlichen habt.

Steirische
Kambodschaner

Steirische Kambodschaner

„Möööp" …, das laute Hupen des Busfahrers fährt mir wie eine Kreissäge durch den Kopf. „Möööp", ertönt es erneut. Ich weiß nicht, was man in einer Fahrschule in Phnom Penh so lernt, aber hupen dürfte ein integraler Bestandteil der Busfahrer-Ausbildung sein. „Möööp-Möööp", zum gezählt vierzehnten Mal in dieser Minute, und das geht nun doch schon seit einigen Stunden so. Ich liege in einer kleinen Koje eines kambodschanischen Nachtbusses, und zu meinem Pech mit dem Kopf leider direkt hinter dem Fahrer. Schon beim Einsteigen habe ich mir gedacht, dass das wohl nicht der beste Platz im Bus sein dürfte, weil es eben der letzte freie Platz war. Die Einheimischen werden schon wissen, warum sie den freigelassen haben. Wenn man direkt hinter der Fahrerkabine liegt, ist man dem Gehupe unmittelbar ausgesetzt, und irgendwie rechne ich mir aus, dass mein Platz wohl auch der gefährlichste im Bus ist. Zu Beginn habe ich nicht realisiert, warum der Fahrer überhaupt hupt. Aber durch einen Spalt zwischen meiner Koje und seiner Fahrerkabine kann ich auf die Straße sehen. Ich habe dann relativ schnell verstanden, dass er sich den Weg durch den Verkehr quasi freihupt. Der Spalt ist groß genug, um Visionen von meinem frühzeitigen Tod in einem kambodschanischen Nachtbus zu erzeugen. Und ich übertreibe nicht: Sobald sich ein anderer Verkehrsteilnehmer dem Bus nähert, hupt der Busfahrer, um dann ungebremst auszuscheren und über Schlaglöcher hinweg vorbeizurasen. Alle Busse, die uns entgegenkommen, machen übrigens das Gleiche. Blöd wär halt, wenn der entgegenkommende Busfahrer in der gleichen Sekunde ausschert wie unserer.

Neben mir liegt mein Hawara[1] und Reisebegleiter, und ich bilde mir ein, dass ich ihn leise beten höre (er ist jedoch kein gläubiger Mensch). Auf meiner anderen Seite baumelt der beschuhte Fuß eines Mannes, der in der Koje über mir liegt. Er dürfte unmittelbar vor Betreten des Busses gekonnt in ein Hundstrümmerl[2] gelatscht sein, denn der Schuh stinkt bestialisch. Und so weht alle paar Sekunden vom rund 30 Zentimeter entfernten Schuh ein Lüfterl rüber. Auf der anderen Seite der Koje stinkt es leider auch, und hier drin ist es auch ein bisschen nass. Ich habe den dringenden Verdacht, dass sich hier jemand, bevor wir uns da reingelegt haben, eingenässt hat. Vielleicht ist in dieser Koje auch vor Kurzem ein Tier verwest, es ist nicht zu definieren.

„Mööööööp", der Fahrer verreißt erneut das Lenkrad. Ich bin mit meinen knapp 1,90 Metern außerdem viel zu groß für die Koje und muss die Fahrt in Embryonalstellung über mich ergehen lassen.

„Möööööööööööööp" – diesmal ist es ein deutlich längeres Hupen, und der Bus hüpft ein bisschen. Ich befürchte, dass wir irgendetwas in der Größe eines Haustieres überfahren haben. Vielleicht einen Hasen oder eine Katze. Oder eventuell eine Schlange.

Ich habe ein paar Tage vorher mit einem ausgeborgten Moped auch fast eine Schlange überfahren, die es sich nach einem Regenschauer auf der Straße gemütlich gemacht hat. Die kommen dann aus dem Dickicht geschlängelt und genießen den warmen Asphalt. Und es war keine Blindschleiche oder Ringelnatter, sondern sicher eine Königskobra. Oder etwas Ähnliches. Ich bin auf jeden Fall nicht stehen geblieben, um das Tier genauer zu inspizieren. Generell mag ich Tiere, sofern sie folgende Kriterien erfüllen: vier Beine, zwei Augen, ein flauschiges Fell und eine Körperlänge von maximal 50 Zentimetern. Damit meine ich Katzen. Ich mag Katzen. Hunde gehen auch, sofern sie nicht so groß wie eine Kuh sind oder so klein, dass man Angst haben muss, sie beim versehentlich Draufsteigen zu zerquetschen.

Die genannten Kriterien müssen also erfüllt sein. Wenn einer dieser Punkte nicht zutrifft, ist mir das Tier suspekt. Und alles, was kriecht, krabbelt oder sich dahinschlängelt, ist mir sowieso nicht geheuer. Ich halte auch zu allem, was im Wasser lebt, einen gebührenden Sicherheitsabstand ein (außer Goldfische, die gehen sich aus[3] und sind meist im Aquarium). Einmal habe ich beim Tauchen an einem ägyptischen Steilriff nicht aufgepasst und blickte auf einmal direkt in die Augen einer Muräne. Was für ein abgrundtief hässliches Tier.

„Mööööp" …

Nach acht Stunden Fahrt ist der Bus frühmorgens unerwarteterweise unfallfrei angekommen. Ich kann kaum glauben, dass ich diese Nacht überlebt habe. Ich habe gestunken wie ein nasser Hund, war innerlich um mindestens zehn Jahre gealtert, aber sonst ist zum Glück nichts passiert.

Wochen später habe ich einen Bericht gelesen, dass sich auf dieser Strecke ein Nachtbus überschlagen hat und im Straßengraben gelandet ist. Es würde mich nicht wundern, wenn das genau dieser Bus gewesen wäre, in dem ich gelegen bin. Beim Aussteigen höre ich dann ein junges Touristen-Pärchen über das Reisen an sich philosophieren. Wie sehr sie Erlebnisse wie ebensolche Busreisen in sich aufsaugen. Das gehöre einfach zum Reisen dazu. Sie seien inzwischen auch „angekommen", nicht nur mit dem Bus, sondern auch innerlich. Für mein Empfinden kann man auf solche Eindrücke ruhig verzichten. Dafür hänge ich doch ein bisschen zu sehr an meinem Leben, um mich mitsamt Nachtbus zu überschlagen. Diese Erfahrung kann ich gerne auslassen.

Mein Reisekollege und ich haben uns jedenfalls nach geglückter Ankunft augenblicklich darauf geeinigt, auf direktestem Weg die Hotelbar zu entern, um dort auf unser Überleben anzustoßen. Es hätte auch anders kommen können, da sind wir uns sicher. Es ist zwar noch etwas früh, und der Barkeeper auch sichtlich überrascht, wie konsequent wir beginnen, die ansprechende Cocktailkarte auf und ab zu bestellen. Aber ich denke, er hat uns angesehen, dass wir gerade mit dem Nachtbus angekommen sind und nun dringend ein paar gute Drinks benötigen. Wir waren auch sicher nicht die ersten Menschen, die sofort nach heiler Ankunft an der Bar landeten. Vielleicht hat er es auch einfach gerochen, den nassen Hund habe ich bei Betreten des Hotels ja nicht abgelegt.

Nach ein paar Getränken, es ist inzwischen auch Nachmittag geworden, machte sich ein kleiner Anflug von Hunger breit. Welch Glück, dass direkt auf der Bar unter einer kleinen Glaskuppel ein paar Kekse liegen. Ein kleines Schild stand daneben, darauf zu lesen *„Happy Cookies"*[4]. Und ja, ich war richtig happy, irgendeine Kleinigkeit im Magen zu haben. Recht ergiebig waren die Cookies nicht, weshalb ich eins nach dem anderen in mich reinstopfte. Auch mein Kumpel war da nicht zögerlich.

Kleiner gedanklicher Exkurs: Ich dachte wirklich immer, dass in Südostasien auf den Vertrieb von Suchtmitteln jeglicher Art die Todesstrafe, wenn nicht sogar eine noch höhere Strafe steht. Ich habe echt nicht daran gedacht, dass da einfach so nebenbei an der Bar so kleine Glücklichmacher-Kekse verkauft werden. Vielleicht hatte ja der Hotelbetreiber ein kleines Arrangement mit der örtlichen Polizei oder so. Keine Ahnung.

Ab nun folgt ein ungefähres Exzerpt meiner Erinnerungen, dahingehend unausgeprägt, weil die *Happy Cookies* mich ziemlich ausknockten: Zuerst macht sich eine gewisse Regungslosigkeit breit. Ich höre immer noch das „Möööp Möööp" nachhallen und muss an den Busfahrer, an den grauslichen Schuh und an Schlangen denken. Ich kann keine Wörter mehr bilden. Mein Gehirn kann die Informationen, die es von meinen Augen bekommt, nicht mehr verarbeiten. Mein Gleichgewichtssinn ist ausgeschaltet.

Und so krieche ich irgendwann auf allen vieren über den Strand, auf der Suche nach unserem Bungalow.

Bald die Erkenntnis: Mit gefühlt einem Kilo *Happy Cookies* im Magen sehen alle Bungalows dieser Welt gleich aus. Ich bilde mir ein, dass eine Gruppe Kambodschaner an mir vorbeigeht, und ich frage, ob sie vielleicht wissen, wo mein Bungalow ist. Die Kambodschaner antworten überraschenderweise in tiefstem steirischem Dialekt. Ich kann mich an „Na bist dou däippat" erinnern, und bin in meiner kompletten Umnachtung doch sehr verwundert, wie ähnlich das Kambodschanische dem Steirischen ist. Aber eigentlich wundert mich halt auch gar nichts mehr, so komplett drauf, hier auf allen vieren, am Strand.

Am nächsten Morgen wache ich in meinem Bett auf und bin perplex, dass ich es dorthin geschafft habe. Ich habe wirklich keinen Tau, wie ich das noch zustande gebracht habe. Gemessen an den beiden Nahtod-Erfahrungen des Vortages, nämlich zuerst dem Trip mit dem Nachtbus, dann dem Trip mit den Cookies, grenzt es wirklich an ein Wunder, dass ich jetzt hier liege. Ich öffne die Türe und trete auf den kleinen Balkon meines Bungalows. Am benachbarten Balkon stehen zwei Typen und nicken rüber. Der eine bellt „Na ound Kollege, wie houmas?", was auf Hochdeutsch ja soviel wie „Mein Freund, wie geht es dir?" heißt. Nur sprach der Kamerad halt tiefsten steirischen Dialekt. Und in der gleißenden Sonne dämmerte mir: Es waren doch keine Kambodschaner, sondern echte Steirer, denen ich am Vortag über den Weg gekrochen bin. Ich genier mich ein bisschen und überleg sogar kurz, früher abzureisen. Mit dem Taxi. In so einen Nachtbus steig ich nie wieder, und auch Bar-Snacks vermeide ich seither.

1

Hawara, der (aus dem Jiddischen „chavver"): österreichisches Wort für einen guten Freund, Genosse oder Kumpel. Auch wenn manche Exekutivbeamten freundlich sind, ist zumeist Vorsicht geboten. Denn hier gilt meist der Grundsatz: „A Kiwara is ka Hawara."

2

Hundstrümmerl, das: tierische Fäkalien, hierzulande meist vom Hund direkt auf den Gehsteig abgesondert; seit der Kampagne „Nimm ein Sackerl für dein Gackerl" hat das Hundstrümmerl an Bedeutung verloren, vorher glichen Wiens Gehsteige oftmals einem Minenfeld.

3

„Das geht sich aus": österreichische Redewendung. Ausgehen kann sich vieles: zeitlich, platz-technisch, finanziell, sexuell, politisch, gesundheitlich, um nur einiges zu nennen. Deppat ist halt nur, wenn man vorher ankündigt, dass sich etwas schon ausgehen wird, und dann geht es sich halt doch nicht aus, weil man sich verschätzt hat, oder weil mal unter Umständen auch fahrlässig gehandelt hat. Dafür hat das Österreichische aber gleich eine weitere Phrase parat: „Oft host a Pech!"

4

Happy Cookies, die (engl. für „fröhliche Kekse"): Das fröhliche Kekserl unterscheidet sich vom normalen Keks durch die eingebackenen bewusstseinserweiternden Substanzen. Greift der Anfänger gerne zum Hasch-Keks, gibt's für Fortgeschrittene auch welche mit LSD. (Das hab ich mir nach meinem Abenteuer sagen lassen – keine Ahnung, was man sonst noch so einbacken oder einarbeiten kann. Ich bin ja weder Bäcker noch Konsument und weiß bis heute nicht, welche Substanz mich letztendlich über den Strand robben ließ.)

Jedenfalls kommt es durch die enterale Aufnahme bei all diesen Cookies zu einer gewissen Zeitverzögerung in der Wirkung. Gegessen ist es schnell, wirken tut es dann halt erst später. Und wenn der Nichtsahnende, während das erste Keks noch gar nicht wirkt, noch viele weitere isst und sich unwissenderweise gleichzeitig noch durch die gesamte Cocktailkarte trinkt, dann kann es durch diesen Mischkonsum eben schon mal passieren, dass Kambodschaner Steirisch sprechen.

Apropos Süßgebäck und Aussprache: Da fällt mir noch eine kleine Anekdote ein. Als Politiker trifft man ja allerlei Personen, manchmal auch Persönlichkeiten. Und eines Tages begab es sich, dass ich gleichzeitig mit der durchaus verhaltensauffälligen Rechts-Außen-Politikerin Ursula Stenzel in ein TV-Studio geladen war. Zufällig noch dazu an ihrem 75. Geburtstag. Ich hab ihr deswegen live im Fernsehen einen Brownie, von mir „Brauni" ausgesprochen, geschenkt. Sie hat den Gag nicht verstanden.

Ein Herz aus Stein

Ein Herz aus Stein

„Tschhhhhhhack“ – mit einem lauten Knall fällt eine dicke Eisentüre hinter mir ins Schloss. Vor mir schlendern drei Justizwachebeamte langsam in Richtung der nächsten Eisentüre. Eile ist keine geboten, denn die Zeit im Gefängnis vergeht, wie man sich vorstellen kann, langsamer als draußen. Man muss ja sowieso warten, bis das nächste Eisentor per Funk geöffnet wird. An Flucht ist aber auch nicht zu denken. Man müsste sich zuerst durch etliche Sicherheitsschleusen durchschwindeln, um dann weiter vorbei an den netten Beamten beim Eingang zu kommen. Falls man es wirklich bis dahin geschafft hat, steht man dann inmitten einer kleinen niederösterreichischen Stadt und merkt, dass man jetzt zwar in Freiheit, aber wohl doch wieder in irgendeiner abstrusen Art von Gefängnis ist.

„Tüüüt tüüüüt tüüüüt“ – mit einem hydraulischen Pfeifen geht das nächste Tor auf. Die anfängliche Nervosität hat sich inzwischen gelegt. Nach einer gewissen Zeit im Gefängnis wird das alles zur neuen Normalität. Zumindest hat man mir das erzählt, ich bin ja erst zehn Minuten drinnen.

Bevor es jetzt zu Verwirrungen kommt: Ich bin hier nur zu Gast – wenn ich so kurz nach dem Einstieg in die Politik gleich eine Haftstrafe antreten hätte müssen, wäre das wohl sogar für österreichische Verhältnisse ein neuer Rekord. Wobei … Heute sind wir der Einladung der Anstaltsleitung gefolgt, ein Konzert im Saal der Justizanstalt zu spielen. Ich empfinde das als sehr toll und auch wichtig, dass Häftlinge, wenn auch nur in äußerst reduzierter Form, zumindest ein wenig am kulturellen Leben teilhaben können.

Beim Betreten müssen wir alle Mobiltelefone abgeben. Aus Sicherheitsgründen. Während wir also alle Mobiltelefone fein säuberlich in eine grüne Plastikbox legen, rollen wir gleichzeitig kistenweise Equipment, in dem wir eigentlich eine gesamte Produktionslinie von Nokia-Handys verstecken hätten können, an den Wärtern vorbei. Ich kann in den Gesichtern der Wachebeamten erkennen, dass sie scharf überlegen, wie viel Zeit es wohl kosten würde, jedes Rollcase und jede Kiste separat zu überprüfen, und wir einigen uns stillschweigend darauf, dass unser Equipment sicherheitstechnisch gänzlich unbedenklich ist.

Man kennt das ja – oft reicht ein kurzer Blick zum Gegenüber, und man verständigt sich auf ein gemeinsames Vorgehen. Ich kenne das beispielsweise von Bestellungen an der Bar – ein kurzer Augenkontakt und ein angedeutetes Nicken reichen oft, um dem Kellner zu signalisieren, dass man bitte ein neues Getränk haben möchte.

Unzählige Eisentüren und etliche Gänge später sind wir in der Höhle des Löwen – also im Kinosaal des Gefängnisses angekommen. Ein relativ uncharmanter Saal, mit komisch blauen Kinosesseln bestuhlt, an dessen Ende eine blanke weiße Wand als Leinwand dient. Es gibt einige Säulen, zwischen denen später die Wachebeamten stehen werden, und Sitzplätze für gut 50 Personen. Wir spielen vor der Leinwand, Blickrichtung Publikum, rechter Hand stehen die Wachen, linker Hand eine weitere blanke Wand. Bühne gibt es eigentlich keine, die Band steht am Boden. Aber nachdem das Publikum ja sitzen muss, ergibt sich daraus zumindest der von normalen Konzerten gewohnte Winkel zwischen Gast und Musiker.

Die Häftlinge werden nun in kleinen Gruppen in den Saal geführt, stets flankiert von Justizwachebeamten. Sie plaudern miteinander, was ja auch klar ist, denn auf beiden Seiten stehen nur Menschen, die sich vermutlich jeden Tag sehen, und es werden sich gewisse Verbindungen, ja vielleicht sogar Beziehungen aufgebaut haben. Auf eine gewisse Art und Weise sind sie Arbeitskollegen.

Es darf übrigens nicht jeder Häftling am Konzert teilnehmen, sie mussten sich bei der Anstaltsleitung als Interessent melden, und die Leitung hat dann entschieden, wer kommen darf. Man kennt das ja aus dem Fernsehen. Bei „guter Führung" kommt man normalerweise früher raus. In diesem Fall kommt man in den Genuss eines Punkrock-Konzerts.

Da sich meine Songtexte nicht ausschließlich, aber doch manchmal, um kühles Bier drehen, kann ich in den Augen einiger Häftlinge immer wieder ein Funkeln erkennen, sobald ich das magische Wort mit den vier Buchstaben laut ausspreche, oder eigentlich eher laut aussinge. Viele von ihnen sind wohl jahrelang nicht mehr in den Genuss eines echten Biers gekommen. Im großen Innenhof habe ich vorher unzählige Kisten mit leeren Flaschen alkoholfreien Biers gesehen, was ich umgehend während des Konzerts thematisiere, um die „unmenschlichen Haftbedingungen" anzuprangern. Natürlich auch, um das Eis zwischen mir und den Häftlingen zu brechen. Glücklicherweise bringt mir das gleich hohe Sympathiepunkte bei den Konzertbesuchern ein. Bezüglich des alkoholfreien Biers kann ich mich auch an den Satz „Zuerst verlierst du deine Freiheit, dann bekommst du alkoholfreies Bier zu trinken und verlierst dadurch obendrein deine Würde" erinnern, und da wird es natürlich schon brenzlig. Aber alle im Saal, auch die Wachen, nehmen es mit Humor – oder schaffen es gekonnt, ihre Aggressionen mir gegenüber im Zaum zu halten. Es ist nicht leicht, vor Menschen, die unter Umständen eine lebenslange Freiheitsstrafe abzusitzen haben, solche Witze zu machen. Oder ganz generell Witze zu machen. Oder vom Feiern, von Bier, von einem einfachen Fußballspiel oder vom wunderschönen Wien-Simmering zu singen. Oder von der Donauinsel. Die Insassen in Stein leben gerade selbst einen Steinwurf von der Donau entfernt und haben sie vielleicht 15 Jahre lang nicht zu Gesicht bekommen. Außerdem muss man sich dessen bewusst sein, dass die Jungs nicht hier sind, weil sie einen Kaugummi gestohlen haben. Also ist Distanz natürlich auch angebracht.

Es ist ein Ritt auf der Rasierklinge, aber schlussendlich habe ich den ganzen Saal auf meiner Seite. Besonders bei den Songs, in denen ich mich der Exekutive gegenüber tendenziell kritisch äußere, ist die Begeisterung groß, was mich natürlich besonders freut. Man darf nicht alles immer so ernst nehmen.

Lebensweisheit: „Ernst nehmen"

Wenn man sich selbst nicht allzu ernst nimmt, tut man sich einen riesigen Gefallen. Ich orientiere mein Leben schon lange an dieser Prämisse, und es lebt sich einfach besser. Vor allem wenn man, so wie ich, oftmals in Songtexten die Grenzen des Sagbaren auslotet. Dann muss man quasi kurz den Ernst aus der Sache nehmen, vieles mit Augenzwinkern sehen und Gedanken und Ideen einfach mal zulassen. Es schreibt, reimt und textet sich dann gleich viel leichter. Natürlich ist es auch Thema der heutigen Zeit, dass Texte gerne mal zerlegt und auf ihren Inhalt abgeklopft werden, was für viele Kreative auch künstlerischer Hemmschuh ist. Was ich fast ein bisschen schade finde, da dadurch Spontaneität und Witz leiden können. Einfach mal zu lachen, anstatt sich zu empören, würde so manchen Menschen auch nicht schaden.

Es ist ein besonderes Konzert, das ich wohl nie vergessen werde. Nach der Zugabe erheben sich die Gäste unerwartet aus ihren Kinosesseln und kommen zum Bühnenbereich, was uns etwas überrascht. Sie begutachten die Instrumente, die Verstärker und das Schlagzeug, lassen sich Poster für die Zelle signieren. Einer erzählt, dass er auch einen Verstärker

„zu Hause“ hat, aber ich möchte ihn nicht fragen, ob er mit „zu Hause“ seine Zelle oder sein eigentliches Zuhause meint. So stehen wir dann mit den Häftlingen zusammen und unterhalten uns. Alle sind sehr nett. Einer, der mir schon während des Konzerts aufgefallen ist, tritt enthusiastisch an mich heran und bedankt sich für die gute Unterhaltung. Besonders die Textpassagen über Wien-Simmering haben ihm gut gefallen. Er sei ja auch einmal mit „a bissl an Gras“ in Simmering erwischt worden. Er denke oft und gerne an Simmering zurück. Als ich anmerke, dass man wegen „a bissl an Gras“ wohl nicht im Hochsicherheitsgefängnis sitzt, schleicht sich nur ein diebisches Grinsen über sein Gesicht.

Vom Rauchen und Sterben

Vom Rauchen und Sterben

Ich schreib in diesem Kapitel eine kurze Abhandlung über das Rauchen – des Musikers präferierte Freizeitbeschäftigung. Also rauchen, nicht das Schreiben darüber. Rauchen, in Österreich sagt man ganz allgemein „tschickn“, manchmal auch „pofeln“ oder „hatzn“ dazu, ist ein gesellschaftlich (noch) akzeptierter Zeitvertreib. Und da man sich als Musiker oft die Zeit vertreiben muss, weil man immens viel wartet, wird halt geraucht. Man wartet auf den Bus, wartet im Bus auf die Pinkelpause, backstage auf den Soundcheck, beim Soundcheck auf den Drummer. Deswegen raucht man natürlich auch während des Soundchecks, was oftmals zu logistischen Schwierigkeiten führt, denn meist muss man justament genau dann Gitarre spielen, wenn man sich gerade eben einen Tschick[1] angezündet hat. Man hat dann aber natürlich die Hände nicht frei, und zum Gitarrespielen braucht man schon irgendwie beide, selbst in einer Punkband. Danach raucht man wieder backstage beim Warten aufs Konzert. Und weil man es dann so gewöhnt ist, raucht man auch während des Konzerts, dann noch schnell vor der Zugabe hinter der Bühne. Es summiert sich.

Fakt ist: Man wartet als Musiker generell deutlich mehr, als dass man wirklich produktiv etwas tut, und so eine Wartezeit lässt sich durch das Entzünden einer Zigarette zumindest subjektiv gut verkürzen. Und eigentlich ist das etwas vom Wenigen, was rauchen wirklich gut schafft – Wartezeit verkürzen. Im Endeffekt aber auch Lebenszeit. Und deswegen hab ich dann aufgehört.

Es ist schon eine grausliche Angewohnheit, wenn man ehrlich ist. Man stinkt, was einem die Leute aber freundlicherweise oft nicht sagen. Es ist echt inzwischen sehr teuer, und irgendwie gibt es leiwandere Arten, seine Kohle auf den

Kopf zu hauen. Und, wie schon erwähnt – im Endeffekt stirbst eben daran, soviel ist sicher.

Unlängst habe ich zufällig von Joe Cocker gelesen, den mit 70 Jahren der Lungenkrebs dahingerafft hat, obwohl er schon in seinen 40ern mit dem Rauchen aufgehört hatte. Irgendwann holt es dich ein. Das Problem ist: Du kannst dann danach gar nicht so vehement Nichtrauchen, als dass dies das Gerauche von vorher wieder wettmachen würde.

Ja, früher, als Schriftsteller oder Philosophen noch im Kaffeehaus gesessen sind und einen Tschick nach dem anderen verschlungen haben und dazu ganz entspannt 18 Melange tranken, da war das noch was. Das muss man aber auch erst mal schaffen, nach 18 Melange noch ruhig dasitzen und an einem Tschick herumzuzeln, ihn vielleicht sogar selbst drehen. Aber damals war halt auch die Lebenserwartung noch geringer, da war es egal, wenn du geraucht hast, weil du eh früh gestorben bist. Warte …?

Apropos Kaffeehaus: Drinnen darf man ja heutzutage auch nicht mehr sitzen, zumindest nicht zum Rauchen. Aber wenn jemand, offensichtlich frierend, in löchrigen Hosen und viel zu dünner Jacke vor dem Kaffeehaus steht und bei zwei Grad Außentemperatur an seiner fast 50 Cent teuren Zigarette zieht (inzwischen kostet ein Packerl ja über sechs Euro, ich hab das schnell auf den Einzelpreis umgerechnet, dann aber aufgerundet, um mein Argument drastischer wirken zu lassen), lässt sich das kaum mit einer fragilen intellektuellen Künstlerseele vereinbaren. Da bist du dann einfach ein stinknormaler Süchtler. Und stinknormal will ich nicht sein. Und ein Süchtler auch nicht unbedingt.

1

Tschick, der/die (umgangssprachlich): Österreichisch für Zigarette. Wienerischer wäre der Ausdruck „Späh“. Aber der kommt einem echt komisch über die Lippen und wird außerhalb Wiens meist nicht verstanden, was wiederum bei akutem Tschickmangel ungünstig ist. Manchmal ist mit Tschick auch nur ein Zigarettenstummel gemeint. Mit der Verwendung des Ausdrucks „Fett wie a Heisltschick“ kann man als Nicht-ÖsterreicherIn bei uns gut Eindruck schinden. Er beschreibt einerseits den Zustand maximaler Alkoholisierung auf charmante Art und Weise, andererseits eben den Umstand, dass jemand so vollgesogen mit Alkohol ist wie ein Zigarettenstummel, der in der Toilette schwimmt. Die Verwendung des Begriffs ist leider etwas aus der Mode gekommen. Vielleicht hilft dieses Buch ja mit, diesen Ausdruck wieder en vogue zu machen.

Bitte einsteigen

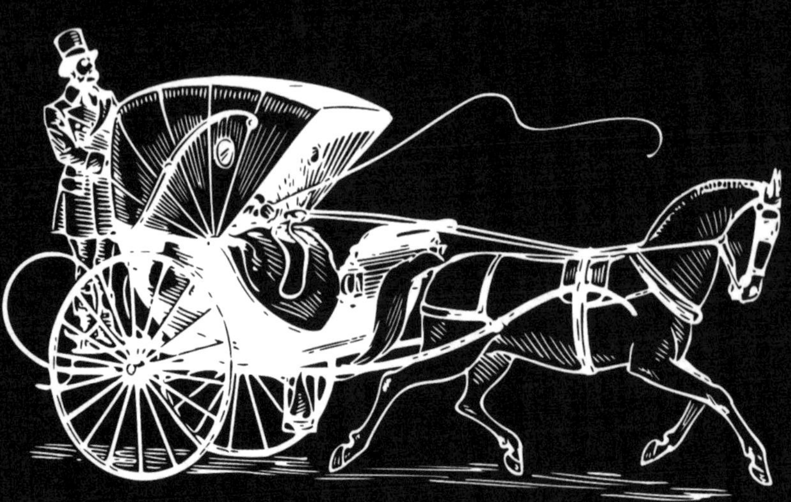

Bitte einsteigen

Ich fahre gern mit dem Taxi, weil ich zum einen faul und zum anderen meistens viel zu spät dran bin. Klar, mit dem Taxi zu fahren muss man sich leisten können – und zwar finanziell und nervlich. Weil wenn ich mir so vor Augen führe, was ich schon alles mit hiesigen Taxifahrern erlebt habe, empfinde ich es durchwegs als korrekt, dass die auch mal ein bisschen Konkurrenz bekommen. Ja, von der App und dem Service rundherum. Nein, nicht von den unfair bezahlten Fahrern. Früher jedenfalls, als ich ungefähr 20 war, war Taxifahren aber keine Option. Es war einfach für einen jungen Menschen nicht leistbar. Zumindest nicht in Wien. Und ein Gstopfter[1] war ich ja nie.

Die Jüngeren unter Euch werden sich eventuell denken, dass ja sowieso die ganze Nacht die U-Bahn fährt, doch früher war das einfach nicht der Fall. Da gab es nur den Nachtbus, und da konnte es schon passieren, dass man zwei Stunden quer durch die Stadt fahren musste – und das war noch der Optimalfall. Mir ist es nämlich oft passiert, dass ich eingeschlafen bin und dann mehrmals von Endstation zu Endstation im Kreis gefahren bin, bis mich dann zu guter Letzt ein grantiger Bus-Chauffeur freundlich, aber bestimmt des Fahrzeuges verwiesen hat („Schleich di, sunst fåhrst bis in Betriebsbahnhof mit, und des wüst a net" – bei den Wiener Linien wird Kundenservice noch großgeschrieben). Und dann steht man manchmal mitten in der Nacht wieder genau an dem Ort, an dem man seine Fahrt angetreten hat. Ich war aber nicht nur Nachtbus-unfähig, ich war dann später auch Taxi-unfähig.

In Bratislava wollte ich einmal in einer Fortgehnacht in einen speziellen Club weiter, weil dort war ich verabredet. Ich war aber schon etwas angeheitert und dementsprechend orientierungslos. Es gab damals zwar schon smarte Handys, aber ohne Gratis-Roaming war Internet im Ausland unleistbar, und so bringt dir dein smartes Handy auch sehr wenig. Natürlich hätte man auch einfach ein Datenpaket aufs Handy buchen können, aber dafür hätte man vordenken müssen. In meinem Zustand und um diese Uhrzeit stand ich auch diesbezüglich auf verlorenem Posten.

So hielt ich also ein Taxi an und teilte dem Lenker mit, dass ich in den Club XY (der Name ist mir wieder einmal entfallen) möchte und er mich bitte dorthin bringen solle. Seinem süffisanten Lächeln nach zu urteilen, hätte ich niemals in dieses Taxi steigen dürfen, aber wie gesagt: Meine Sinne waren durch fortgeschrittenen Biergenuss dann doch schon etwas getrübt. Kaum saß ich im Taxi, fuhr er genau drei Meter, drehte sich um, streckte mir die Hand entgegen und sagte: „10 Euro". Ich bin genau an dem Ort gestanden, wo ich hinwollte.

So etwas Ähnliches ist mir auch in Malaysia passiert. Wir mussten dringend zum Busbahnhof in Kuala Lumpur, an dem die Busse in den Süden losfuhren. So hielten wir ein Taxi an, mit der Bitte, uns dorthin zu bringen. Der Taxifahrer forderte uns auffallend freundlich auf, ins Auto zu springen, „denn wir sind gleich da". Es war eine tolle Fahrt quer durch Kuala Lumpur. Am Ziel angekommen, mussten wir leider feststellen, dass wir uns am falschen Bahnhof befanden. Von dort aus fuhren die Busse nämlich nur in den Norden. Wo war jetzt der Bahnhof, von dem aus es in den Süden ging? Freundlich lächelnd, hatte uns der Sack zum falschen Bahnhof gefahren. Relativ gereizt saßen wir also wieder im Taxi, um nochmals den Weg zum Busbahnhof anzutreten, dem anderen, von dem aus die Busse in den Süden fuhren. Schlussendlich hat uns der nächste Taxifahrer dann an der exakt gleichen Stelle aussteigen lassen, an der wir ursprünglich ins erste Taxi gestiegen sind. Das ist in einer so chaotischen

Stadt wie Kuala Lumpur schon ziemlich unwahrscheinlich, es ist aber wirklich genau so passiert. Der Typ hatte uns nicht nur abgezogen, darüber hinaus auch noch vorgeführt, im wahrsten Sinne des Wortes. Bus fuhr dann schlussendlich keiner mehr, und so sind wir dann direkt mit dem Taxi in den Süden gefahren. Was ich mir klassisch nur dort, niemals in Wien hätte leisten können. Und nachdem ich eingangs in diesem Buch versprochen habe, dass ich auch die eine oder andere Lebensweisheit niederschreiben werde, gibt es hier eine wichtige: „Schau dich das nächste Mal, bevor du ins Taxi steigst, einfach mal um. Vielleicht bist du eh schon dort, wo du eigentlich hinmöchtest."

1

Gstopfter, der („ein gut betuchter Mann"): Auch wenn Gstopfter wohl auf die Leibesfülle eines Menschen deuten könnte, bezieht es sich in diesem Fall auf den Geldbeutel. Das Dasein als Gstopfter wird meist in direkter Erbfolge an den Nachwuchs weitergegeben, sprich: Viele Leute sind schon von Geburt an, quasi durch die Erblinie, gstopft.

Michl, Werner und Marco

Michl, Werner und Marco

Mein Handy klingelt, und ein Vertreter der Plattenfirma, bei der ich einmal unter Vertrag stand, platzt los: „Du musst dein Album-Cover dringend ändern, das geht leider überhaupt nicht. Die SPÖ hat hier gerade angerufen und fordert eine Änderung. Wir müssen etwaigen rechtlichen Problemen dringend vorgreifen." Auf der Liste an Dingen, die mir noch egaler sind als Wünsche politischer Parteien bzgl. meines Plattencovers, kommt zugegebenermaßen nicht mehr viel.

Ich war mir bei der Erstellung des Covers natürlich bewusst, dass die Abbildung des amtierenden Wiener Bürgermeisters Michael Häupl samt Irokesenfrisur und in die Luft gestrecktem Mittelfinger, und das alles vor dem brennenden Schloss Schönbrunn, voraussichtlich nicht bei allen Vertretern seiner Fraktion auf immense Gegenliebe stoßen würde. Dennoch kam er für mein Empfinden auf dem Cover doch recht gut weg. Das hätte für einen Politiker mit seinem Bekanntheitsgrad doch deutlich schlimmer enden können. Ich heroisiere Herrn Häupl in meiner Abbildung um einiges mehr, als ich ihn diskreditiere. Das Cover ist für mich eine Huldigung seiner direkten Art, seines unangepassten Wesens und seines Vermögens, jemandem auch mal mit dem Arsch ins Gesicht zu fahren, wenn es nötig ist, weil's brennt. Diesen Sprech und diese Eindeutigkeit vermisst man heutzutage nach seinem Rückzug aus der Politik oft.

Nun gut, zurück zur Album-Cover-Story: Dass Häupls Landesgeschäftsführer tatsächlich zum Hörer greift, um mir über die Plattenfirma auszurichten, dass ich mein kreatives Werk abändern soll, hat mich dann doch etwas überrascht. Aber wenn ich schon die Androhung rechtlicher Konsequenzen von der mächtigsten Partei der Stadt übermittelt bekomme, dann komme ich ihrem Wunsch nach Änderung natürlich nach. Nicht. Nach kurzer Bedenkzeit formulierte ich der Plattenfirma gegenüber meine Antwort in etwa so:

„Aha, super, mach ich doch gerne. Ich werde Ihnen einige Änderungsvorschläge darbringen und hoffe, dass die SPÖ dann damit zufrieden sein wird."

Meinte damit aber Folgendes:

„Aha, super, mach ich doch gerne. Ich werde Ihnen einige Änderungsvorschläge darbringen und hoffe, dass sich die SPÖ darüber noch mehr aufregt."

Schlussendlich habe ich dem Herrn Bürgermeister in einem Bildbearbeitungsprogramm alternativ noch eine Faschingsnase, eine Party-Leuchtbrille, einen Salatkopf statt seines richtigen Kopfes (Achtung Wortwitz!) bzw. eine Weinflasche vor die Augen retuschiert, um ihn vermeintlich unkenntlich zu machen. Ehrlicherweise war er aber durch den Weißwein-Doppelliter noch schneller zu erkennen als vorher. Da ich leider keine direkte Möglichkeit hatte, den Herrn Landesgeschäftsführer zu kontaktieren, habe ich den Umweg über die sozialen Netzwerke gewählt und die alternativen Cover-Vorschläge dort eingestellt. Mit einer kleinen Abstimmung dazu habe ich, meiner Meinung nach, der SPÖ auch gleich die Arbeit abgenommen, was denn das Volk am besten fände. Tatsächlich gewann letzten Endes der Entwurf mit der Faschingsnase, obwohl ich persönlich den mit der Weinflasche favorisiert hätte. Aber Geschmäcker sind ja bekanntlich verschieden. Und im Endeffekt hab ich am Cover gar nichts geändert, immer noch ziert ein Punk-Häupl das Debütalbum von TURBOBIER.

Ich habe nie wieder etwas vom Landesgeschäftsführer gehört. Wenn ich mich recht entsinne, ist er auch kurze Zeit später entlassen worden. Ich wünsche mir ein bisschen, dass es aufgrund meines Covers war, aber wenn man sich die Rücktrittskultur in Österreich so ansieht, war das dann wahrscheinlich doch nicht radikal genug. Den Bürgermeister hatte ich bis dahin, ehrlich gesagt, noch nie wirklich getroffen. Zwei Jahre später habe ich das Album dann auch als Vinyl veröffentlicht und fand das eine passende Gelegenheit, Herrn Häupl persönlich eine Platte zu schenken.

Und siehe da, der Häupl ist halt um ein Hauseck entspannter, als sein damaliger Landesgeschäftsführer dachte. Als diesmal das Telefon läutete, wurde mir keine Klage angedroht, sondern ich wurde zu einer Audienz ins Wiener Rathaus eingeladen. Offensichtlich war Gras über die Sache mit dem Cover gewachsen.

Selbstverständlich kommt man zum Wiener Bürgermeister nicht mit leeren Händen, und so habe ich ihm einen kostspieligen Wein besorgt. So um gefühlte 9 Euro die Flasche. Ziemlich gutes Zeug also. Das größte Problem des Tages war jedoch, dass ich kein amtliches Spritzerglas auftreiben konnte. Ich bin explizit von seinem Büroleiter darauf hingewiesen worden, dass ich erst gar nicht mit einem ordinären Weinglas auftauchen brauche (inzwischen hatte der Bürgermeister also fähige MitarbeiterInnen). Ich habe deswegen vor dem Termin dem Restaurant ums Eck kurzerhand ein Glas abgekauft. Außerdem brachte ich ihm natürlich noch sein eigenes Antlitz auf Platte. Und was soll ich sagen? Er hat es mit seiner humorigen Art quittiert und war begeistert – oder hat es zumindest sehr gut vorgespielt (das lernt man relativ rasch, wenn man Politiker ist).

Ich bin mir ja bis heute sicher, dass sein damaliger Landesgeschäftsführer bloß Angst bekommen hat, dass sein Chef mein Album-Cover zufällig von selbst entdeckt und ihn dann zur Sau macht und er nur deshalb Radau bei der Plattenfirma geschlagen hat. Klassischer vorauseilender Gehorsam.

Zumindest konnte ich dem Herrn Dr. Häupl bei unserem Aufeinandertreffen noch das Versprechen abringen, dass er nach seiner Pensionierung den Posten des „Ministers für Arbeit und Wochenende“ in meiner Bierpartei übernimmt. Er hat sein Versprechen bis heute nicht eingelöst, das sei an dieser Stelle nochmals in aller Deutlichkeit gesagt. Vielleicht war das aber auch einfach nur ein klassischer Politiker-Schwindel.

Herr Häupl hat ja aus seiner Vorliebe zum Spritzwein nie einen Hehl gemacht. Das hat sich auch bei seinen damaligen Parteikollegen und noch viel mehr den Wählern herumgesprochen. Als Häupl zurückgetreten ist, haben seine Jüngerinnen und Jünger im Zentrum von Wien ein Spritzwein-Gelage abgehalten. Ich war natürlich auch dabei, genauso wie der damalige Bundeskanzler Christian Kern. Als uns eine österreichische Tageszeitung zusammen zum gemeinsamen Posieren mit einer Häupl-Pappfigur bat, habe ich Herrn Kern kurzerhand meine Weinflasche gereicht, denn ich hatte ja bereits ein Bier in der Hand und dachte, das sei dann etwas übertrieben. Ohne zu zögern hat er dem Papp-Häupl die Flasche zum angedeuteten Verzehr in den Mund geschüttet. Gute Gschicht, die uns auch einige Schlagzeilen beschert hat, Herrn Kern und mir. Ich meine, in meinem Fall war es ja relativ egal. Ich war ja nicht Kanzler, aber er halt schon. Sogar ich hab mir in diesem kurzen Moment erheitert gedacht: „Kollege, das kannst ja nicht machen“ – also im positiven Sinne –, und wenn ich mir schon so was denk, dann soll das auch was heißen.

In den Medien wurde Christian Kern diese Aktion als Respektlosigkeit vorgehalten. Ich habe es ja eher als Lockerheit gewertet – Respektlosigkeit sieht meines Erachtens doch irgendwie anders aus. Wenn das schon respektlos ist, dann ist mir das deutlich lieber als so manche tatsächliche Respektlosigkeit der Bevölkerung gegenüber, die man momentan von manchen Menschen aus der Politik mitbekommt. Umgekehrt scheint aber auch das Maß an

Respekt, das die Bevölkerung den Politikern entgegenbringt, deutlich abzunehmen.

Mir ist einmal im Backstage-Bereich am Wiener Donauinselfest der damalige Bundeskanzler Werner Faymann über den Weg gelaufen (ich weiß bis heute nicht, was er da wollte), und alle Menschen, die ihn erkannt haben, haben ihn salopp mit „Seas, Werner" angesprochen. Grundsätzlich ist es ja toll, wenn man eine derart große Volksnähe versprüht, dass einen die Bevölkerung mit dem Vornamen anspricht. Doch glaub ich ja nicht wirklich, dass es dem Herrn Faymann gegenüber so freundschaftlich, sondern meist eher respektlos gemeint war. Oder könnt Ihr Euch vorstellen, dass irgendjemand zu einem Herrn Kreisky etwa „Heast, Bruno" gesagt hätte? Wenn ich aber mal Kanzler bin, dürfen getrost alle „Marco" zu mir sagen.

Oachkatzlschwoaf

Oachkatzlschwoaf

Ich habe an anderer Stelle in diesem Buch bereits erwähnt, dass ich grausliche Tiere nicht mag. Wir können uns wahrscheinlich darauf einigen, dass Katzen, Hunde und dergleichen okay sind, während es Giftschlangen, Spinnen, Fledermäuse und Ähnliches aus gutem Grunde nicht sind. Eichhörnchen sind auch okay, erfüllen sie doch ein Mindestmaß an Flauschigkeit, sofern es dieses Wort überhaupt gibt (ihr wisst auf jeden Fall, was ich meine). Zum Kuscheln sind Eichhörnchen wohl eher nicht geeignet, aber süß sind sie ja schon sehr.

Glaubt mir – auf diesem Planeten können unglaublich viele peinliche Dinge passieren, aber am allerpeinlichsten ist es mir, wenn ein Österreicher seine dialektale Überlegenheit einem Fremden gegenüber demonstrieren möchte und ihn einem raschen Basis-Sprachtest unterzieht. Das macht er immer und ausschließlich mit dem Wort „Oachkatzlschwoaf". Warum auch immer. Es bedeutet „Eichkätzchenschweif" – ein Wort, das kein Mensch auf der ganzen Welt in seinem Alltag jemals benutzen würde und das deshalb absolut nutzlos ist. Trotzdem können es hierzulande viele nicht sein lassen, beispielsweise der deutschen Bekanntschaft als allerersten Satz kurz nach der Begegnung Folgendes an den Kopf zu werfen:

„Sog amoi Oachkatzlschwoaf!"
„Ochgädsäl wie?"
„Ooooachkaaatzlschwoooaaaf"

Und so weiter, der Rest dürfte bekannt sein, bzw. den kann man sich denken. Das ist meist der Moment, in dem ich peinlich berührt den Raum verlasse.

Wir bleiben grob beim Thema, schweifen aber kurz ab: Eines wunderbaren Sommertages war ich mit meinem Fahrrad auf der Wiener Donauinsel unterwegs. Das kann ich nur jedem empfehlen, denn die Donauinsel ist als Naherholungsgebiet nicht nur wunderschön, sondern auch durchaus spannend in Hinblick auf Flora, Fauna und vor allem in puncto human-soziales Gefüge. Zur Brunftzeit kann es passieren, dass man das Balzverhalten von (leicht bis mittelstark alkoholisierten) Wienern aus nächster Nähe beobachten kann. Ein tolles Naturschauspiel, welches meist entweder im Koitus oder in einer Schlägerei endet.

Ich fahre also mit dem Fahrrad einen schier unendlich langen Weg entlang. Es ist unglaublich viel los, was an einem heißen Sommertag wie diesem zu erwarten war. Urplötzlich zischt ein kleines Tier genau vor mir aus dem Dickicht auf den Weg, um auf der anderen Seite wieder im Unterholz zu verschwinden. Also, das war der Plan des Tieres, den ich aber buchstäblich durchkreuzte. Ich kann nicht mehr rechtzeitig bremsen, es ist auch zu spät, den Lenker zu verreißen, und so fahre ich geradewegs über das Tier drüber. Als ich den kleinen Sprung meines Vorderreifens spüre, wird mir sofort klar, dass dieses Manöver für das kleine Wesen eher unglücklich ausgegangen ist. Ich bin ein bisschen geschockt, höre augenblicklich auf zu treten und lasse mein Fahrrad in gleicher Richtung ausrollen. Ich grüble, worüber ich gerade gefahren sein könnte. Vielleicht eine Ratte? Das wäre für die Donauinsel auch nicht so unwahrscheinlich. Ein ganz kleiner Hund wäre eher blöd, denn der gehört sicher einem Inselbesucher, und das würde wohl in einer unschönen Diskussion enden. In den kommenden 50 Metern, in denen ich mein Rad auslaufen lasse, keimt in mir schlechtes Gewissen auf, aber auch etwas Neugier. Ich will unbedingt wissen, was mir da gerade vor die Speichen gesprungen ist. Und so drehe ich um und fahre zurück, um mich meiner Verantwortung zu stellen. Am Unfallort hat sich bereits eine kleine Traube an Schaulustigen versammelt, die im Kreis rund um das Opfer stehen. Ich bin mir aber sicher, dass niemand gesehen hat, dass ich der Unfallverursacher, der Überfahrer, schlussendlich der Tiermörder bin, dafür ging alles viel zu schnell. Und was mache ich, wenn da jetzt ein kleiner Hund liegt? Soll ich zur Menschenansammlung hinfahren und hinausposaunen, dass ich es war, der diesen armen, unschuldigen Hund überfahren hat? Oder soll ich es doch besser nicht an die große Glocke hängen? Wäre das dann so etwas wie Fahrerflucht?

Als ich mich tapfer der Menschenansammlung nähere, die sich um das Blutbad versammelt hat, versuche ich mich krampfhaft an die Telefonnummer meines Anwalts zu erinnern. Vielleicht war es ja irgend so ein hoch- bzw. in diesem Fall kleingezüchteter Teppichvorleger-Hund. Wer weiß, was die kosten? Doch als ich den Schaulustigen am Tatort über die Schulter blicke, kann ich schließlich das Opfer meiner Raserei erkennen – es ist ein kleines Eichhörnchen. Ich habe tatsächlich ein Eichhörnchen überfahren! Ich kenne keinen anderen Menschen auf dieser Welt, dem das passiert ist. Dafür kommt man fix in die Hölle. Oder hat es sich vielleicht in suizidaler Absicht vor mein Fahrrad geworfen? Dann kommt es selbst in die Hölle. Die Hölle, ein Ort, an dem es nur kleinen, warmen, alkoholfreien Radler zu trinken gibt. Das war's mit dem Himmel, wo jeden Tag Festbieranstich ist. Da lässt Gott wohl auch nicht mit sich diskutieren, Eichhörnchenmord ist ein eindeutiger Ablehnungsgrund an der Himmelspforte.

Zum Pech des Eichkätzchens bin ich auch nicht über seinen Oachkatzlschwoaf, womit das Wort wohl erstmalig ernsthaft verwendet wurde, sondern über den Korpus gebrettert. Es liegt in einer Blutlache und ringt offensichtlich mit dem Leben. Neben mir steht ein echtes Donauinsel-Original mit Bierdose in der Hand. Er kann offensichtlich seinen

Augen kaum trauen. Nach einem beherzten Schluck aus der Bierdose murmelt er „Na, do is ana owa uadntlich drüwapempert“ in seinen rötlichen Bart, worauf er sich gleich noch einen Schluck gönnt. Mir gegenüber steht eine junge Frau mit ihrer offensichtlich geschockten kleinen Tochter. Die schaut ihre Mutter an und fragt: „Mama, was is mit dem Eichkatzerl?“ Und die Mutter antwortet: „Dem Eichkatzerl geht's nicht gut, da ist jemand drübergefahren.“ Na Oida. Mein schlechtes Gewissen ist eh schon am Plafond. Es würde die Situation wohl aber auch nicht besser machen, wenn ich jetzt zugebe, dass ich das Eichhörnchen überfahren habe. Wahrscheinlich ist es allen Umstehenden klar, denn ich bin der Einzige, der ein Fahrrad dabeihat. So genau kann ich das aber nicht beurteilen, denn ich bin ja noch unter Schock, immerhin habe ich gerade einen UNFALL gehabt. Ich kann nicht aufhören, das zu betonen. Und das möchte ich hier auch mal offen aussprechen. Wer denkt denn an mich?

Na gut, ich tausche noch mal einen kurzen Blick mit der Mutter gegenüber, die sicher weiß, dass ich es war. Wir nicken uns kurz zu, und bevor ich mit meinem Vorderreifen dem Leid des Eichkätzchens ein Ende bereite, fragt ihre kleine Tochter noch mal nach, was der Mann mit dem Fahrrad – also ich – denn jetzt vorhabe? Und die Mutter antwortet: „Der Mann wird das Eichkatzerl jetzt von seinen Schmerzen erlösen.“ Sie hält ihrer Tochter schützend die Augen zu. Ich überlege kurz, ob ich den Mann mit der Bierdose neben mir fragen soll, ob er mir auch die Augen zuhält oder mich zumindest einen Schluck aus seiner Bierdose machen lässt. Letzteres wäre besser, denn ich muss ja sehen, wo ich meinen Vorderreifen hindrücke, um das Eichhörnchen in die ewigen Jagdgründe zu entsenden. Ich hebe also das Rad an und lasse es auf das arme, leidende Tier fallen. Leider nicht fest genug. Es beginnt wild zu zucken und spuckt (echt und ohne Übertreibung) noch eine ordentliche Ladung Blut aus.

Das possierliche Tier ist deutlich robuster, als man annehmen könnte. Es hat ja immerhin auch das Überfahren relativ gut überstanden, wenn man seine Körpergröße mit der Größe des Fahrradreifens samt meinem Gewicht obendrauf in Relation setzt. Der Typ mit der Bierdose gibt mir von der Seite noch mal eine deutliche Anweisung: „Gscheit draufpempern!"[1] Mit dem Pempern scheint er sich auszukennen. Ich hebe noch mal den Reifen und drücke ihn jetzt mit voller Kraft nach unten. Ein lautes, knöchernes Knacken verrät, dass ich diesmal richtig gepempert habe und das Eichkatzerl nun erlöst ist. Nach kurzer Andacht, der Bärtige nimmt noch einen Schluck, löst sich die Menschentraube auf.

Warum ich Euch das jetzt erzählt habe? Ich weiß es nicht. Vielleicht musste ich es mir auch selbst vom Herzen schreiben, denn das Eichkätzchen mitsamt seinem Schwoaf verfolgt mich. Und jedes Mal, wenn jemand den blöden Spruch mit „Oachkatzlschwoaf" bringt, muss ich wieder an das arme Tierchen denken. Vielleicht wollte ich aber auch unbedingt das Wort „Oachkatzlschwoaf" ernsthaft in mein Buch schreiben, denn, samma sich ehrlich, so viele Möglichkeiten für die Verwendung dieses Wortes gibt es – glücklicherweise – nicht.

1

pempern: Österreichisch für „hämmern", „schlagen", „den Koitus" vollziehen (alt. „schuastan", „nogln", „vegln", vulg. „pudan") – Ihr wisst, was gemeint ist.

Epilog

Jedes Buch, das mit einem Prolog – also einem Vorwort – beginnt, braucht auch einen Epilog. Das hat mir eine Frau gesagt, die sich wirklich gut mit Büchern auskennt. Ich weiß nicht, ob man das als Grundregel annehmen kann, aber ich mache das jetzt einfach. Ein ordentlicher Musiker bedankt sich ja auch am Ende eines Konzerts für das vom Publikum dargebrachte Vertrauen, und nachdem ich das bei Konzerten immer brav mache, mache ich das jetzt im Buch auch.

Am Anfang habe ich ja geschrieben, dass ich die Gschichtn auch runtertippe, um sie selbst nicht zu vergessen. Jetzt kann es natürlich auch sein, dass ich das Buch abgebe, und dann fällt mir noch die eine oder andere Anekdote ein, die ich auch noch schreiben hätte sollen. Wär ärgerlich, wenn das jetzt so läuft. Aber, wenn es so ist – dann gibt es dafür eine relativ profane Lösung: „Gschichtn Teil 2". Klingt auch wirklich besser als „Bierografie Teil 2". Und den Titel heb ich mir halt echt für den Fall auf, dass ich mal Kanzler oder vielleicht sogar Präsident werde. Eins von beiden wird's schon werden …